Die Abenteuer des „Herbert von Willensdorf"

H. E. MILLER

Die Abenteuer des „Herbert von Willensdorf"

Drei Kriminalgeschichten von H. E. Miller

Wadi Halfa Palace Hotel
Die Auferstehung des Pier Luigi Calzone
Nichts als die Wahrheit

H.E. Miller, geboren 1955 in Basel/Schweiz. Nach einer abgeschlossenen Berufslehre folgten mehrere längere Studienreisen nach Ägypten und den Sudan. Jahrelange Mitgliedschaft im Forum für Ägyptologie an der Universität Basel. Weitere Auslandsaufenthalte in Asien und Fernost. Freier Komponist und Musiker. Kunstschaffender. Auftragsarbeiten mit Ausstellungen in diversen Galerien. Heute lebt und arbeitet er als selbstständiger Unternehmer in Basel.

Copyright 2016, by Kayalproduction. CH

Bibliografische Information der Deutschen Nationalbibliothek
Die Deutsche Nationalbibliothek verzeichnet diese Publikation in der Deutschen Nationalbibliografie; detaillierte bibliografische Daten sind im Internet über http://dnb.dnb.de abrufbar.

© 2016 H. E. Müller
Satz, Umschlaggestaltung, Herstellung und Verlag: BoD – Books on Demand
ISBN 978-3-7386-6191-0

Inhalt

Vorwort 7

Wadi Halfa Palace Hotel 9
  1. Kapitel 11
    Nächte in Wadi Halfa
  2. Kapitel 16
    Die neue Masche
  3. Kapitel 19
    Eine Shisha für Rick
  4. Kapitel 21
    Das grosse Ding
  5. Kapitel 24
    Es kam, wie es kommen musste
  6. Kapitel 29
    Die entscheidende Begegnung
  7. Kapitel 33
    Die gefährlichste Entscheidung
  8. Kapitel 36
    Der Deal ist fast perfekt
  9. Kapitel 43
    Der Tag der Entscheidung
  10. Kapitel 52
    Auf welcher Seite stehen Sie?
  11. Kapitel 66
    Ein Leben für das Abenteuer
  12. Kapitel 70
    Der Beginn einer wunderbaren Freundschaft
  13. Kapitel 80
    Ein sauberer unkomplizierter Mord

14. Kapitel	88
Die Wahrheit über Edi Kellermann	
15. Kapitel	92
Wo ein Willensdorf ist, ist auch ein Weg	

Die Auferstehung des Pier Luigi Calzone — 99

Die Wahrheit und nichts als die Wahrheit — 129

Vorwort

Liebe Literaturfreunde, liebe Leserinnen und Leser, es ist mir eine grosse Freude, Ihnen meinen neuen Kriminalroman vorzustellen. Einmal mehr werden Sie vor eine Herausforderung besonderer Art gestellt, denn nur die erfahrenen Kriminalleserinnen und -leser unter Ihnen werden diese selbstverständlich wahren Geschichten mindestens so routiniert wie unser Hauptakteur, Herbert von Willensdorf, welcher übrigens nicht unter seinem richtigen Namen »Uwe Wackelmeier« auftritt, zu lösen versuchen.

Denn, »Hand aufs Herz«, wer von Ihnen würde einen Kriminalroman zu Ende lesen, bei dem der Hobbykriminalist »Uwe Wackelmeier« heissen würde …

Abermals, in unbestechlicher Manier, lässt sich von Willensdorf weder von unwahrscheinlich attraktiven Frauen noch von unwahrscheinlich männlichen Männern beirren und fokussiert sich in einer nie da gewesenen Lösungsorientiertheit. Der Verfasser verzichtete bewusst auf die Schilderung blutiger Details, um Sie, meine lieben Leserinnen und Leser, nicht in Angst und Schrecken zu versetzen, obwohl es dennoch ratsam wäre, die Wohnungstüre zweimal gut zu verschliessen.«

Mir bleibt nur noch, Ihnen viel Vergnügen zu wünschen, mit der Hoffnung, Sie bei weiteren Abenteuern mit »Herbert von Willensdorf« einbeziehen zu können.

Der Autor: H. E. Miller

Wadi Halfa Palace Hotel

1. Kapitel

Nächte in Wadi Halfa

Langsam, aber bestimmt bewegte ich mich auf meine Hoteltüre zu. Es war nicht schwierig zu erkennen, dass dieses Hotel seine besten Jahre hinter sich gelassen hatte, auch wenn versucht wurde, mit üppigen Dekorationen die ausgelaugten Holzvertäfelungen zu kaschieren. Wie durch einen Filter hindurch waren Geräusche wahrzunehmen und trotzdem kam es mir so vor, als wäre ich der einzige Gast in diesem Hotel. Die Rezeption befand sich in einem kleinen schäbigen Raum, ohne Fenster, in dem ein überdimensionaler Schreibtisch, aus dem vorhergehenden Jahrhundert, mitten im Zimmer, lieblos platziert wurde. Quer durch den Raum hingen zahlreiche Stromkabel, aber nur eines führte zu einer von der Decke herabhängenden Glühbirne, welche wahrscheinlich Monate nicht, wenn nicht Jahre, gewechselt wurde. Bilder aus vergangenen Zeiten säumten die Wände. Ein Schild mit der Aufschrift »Hotelmanager« hing schräg über der verblichenen Türe, aber immer, wenn ich dieses Schild betrachtete, gab es mir das Gefühl, dass dieses Hotel seine Stattlichkeit nie gänzlich verloren hatte. Der Hoteleingang gestaltete sich sehr unscheinbar und unterschied sich nicht gross von den übrigen Hauseingängen dieser Strasse. Nur eine handgemalte Aufschrift liess erkennen, dass es sich um das »Wadi Halfa Palace Hotel« handelte, welches in keinem Reiseführer beschrieben war. Obwohl sich die Mittagshitze fast unerträglich anfühlte, war diese Strasse lebhaft bevölkert und man sehnte sich nach Sekunden, in denen nicht ein Hupen, ein Geschrei oder Sonstiges wahrzunehmen war.

Am Ende dieser staubigen, aber dennoch asphaltierten Strasse bildete ein offenes beschlagenes Holztor den Eingang zu einem Basar, in welchem spärlich Gewürze und Souvenirs angeboten wurden. Trotz der flimmernden Hitze schwitzte man nicht oder nur wenig. Ich erinnerte mich, wie ich in zahlreichen ausgedehnten Spaziergängen durch dieses Tor hindurchgegangen war und rechter Hand über die niedrigen Häuser, die mit Strohballen und irgendwelchem Abfall bedeckt waren, sah.

Die Wüste, welche sich bis zum Horizont erstreckte, all dies gab mir das Gefühl der Weite, welches ich so sehr vermisste, nach Wochen in stinkenden Grossstädten. Nur an drei Orten auf dieser Welt erlebt man diese Weite: auf dem Meer, in der Wüste und in den Bergen, wobei nachts die Milliarden von Sternen so greifbar sind und man sich als dazugehöriges Teilchen des Universums empfindet. Immer zog es mich in diese (scheinbar) trostlose Abgeschiedenheit, um in endlosen Wanderungen die Antworten zu finden, die mir bis jetzt niemand geben konnte.

In meinen philosophischen Studien ging es immer wieder um die Frage unseres Daseins, im Zusammenspiel mit der Gesellschaft, auf der Suche nach dem Ursprung des Göttlichen. Noch immer erschienen mir diese »elementaren Antworten« wie ein Blick durch unzählige Vorhänge hindurch. Die allgemeine Meinung, sich schlicht auf ein höheres Wesen zu beziehen, konnte mich bis anhin nicht befriedigen, auch deshalb nicht, weil wir uns auf Grund unserer »Unwissenheit« immer wieder darauf beziehen. Die Suche nach dem Gottesteilchen sowie auch die Erforschung des unendlichen Weltalls haben uns leider nicht sehr viel weitergebracht. Es ist bereits bewiesen worden, dass sich Darwin in einigen Anschauungen der »Evolutionstheorie« weitgehend irrte. Nicht der Urknall war der Anfang der göttlichen Energie. Vielleicht kommen wir der Antwort näher, wenn wir den Begriff »Unendlichkeit« besser zu verstehen beginnen.

Ich schloss meine Zimmertüre auf. Nichts, ausser dem spärlichen Licht, erhellte den Raum, welches in Streifen durch das geschlossene Lamellenrollo schien. Die schwülwarme Luft roch nach einer Mischung aus alten Mottenkugeln und dem allgegenwärtigen Gestank von Urin, welcher bei diesen Temperaturen so richtig zum Tragen kam, da meist die Hinterhöfe als Toiletten und Abfalldeponien benutzt wurden. Mein Zimmer, in dem ich mich umsah, als hätte ich es nie zuvor gesehen, war weiss getüncht und spärlich eingerichtet und die herabhängenden Spinnweben bewegten sich im schwachen Luftzug. Das große französische Bett war mit einem löchrigen Moskitonetz eingesäumt, welches seiner Bestimmung nicht mehr gerecht wurde. Der herabhängende Ventilator, den man nicht bedienen konnte, drehte sich langsam, wobei er ein Geräusch verursachte, wie von einem entfernten Schlagzeug in monotoner Langweiligkeit. Der schwache Luftzug wirbelte Staub auf, welcher im eintretenden Licht schwach glitzerte. Im kleinen Nebenraum war eine kleine Dusche unsachgemäss installiert und die kleine WC-Schüssel wirkte wie ein Fremdkörper. Wie oft war ich unter der Dusche gestanden (mit eingeseiftem Körper) und wusste nicht mit Bestimmtheit, ob beim Aufdrehen des Wasserhahns auch Wasser kommen würde. Ein an der Wand angebrachtes Lavabo war fleckig, und auch mit Zutun waren mit der Zeit die lebhaftesten Pilzkulturen entstanden, hätte ich es nicht hin und wieder mit einem alten Schwamm gereinigt.

Ich setzte mich auf den Rand des Bettes und schob das Laken zur Seite, um die Milben nicht bei ihrem Dasein zu stören. Warum musste ich mir das antun?, fragte ich mich, obwohl der darin liegende Grund so offensichtlich war. Es lag keineswegs an meinen finanziellen Verhältnissen, die hätten ein besseres Hotel erlaubt.

Langsam stand ich auf und zündete mir eine Zigarette an und zog genüsslich den beissenden Rauch tief in meine Lungen. Als ich gerade dabei war, die Fensterläden zu öffnen, klopfte es zaghaft an meine Türe. Ohne mich umzudrehen, als hätte ich es nicht gehört, schaute ich weiterhin auf die gegenüberliegende Strassenseite. Erneut klopfte es, dieses Mal etwas lauter. Mit farbloser Stimme rief ich »Herein« und begab mich mit langsamen Schritten zur Türe. Niemand ausser Francis wusste von meinem Aufenthaltsort. Nur einen kleinen Spalt öffnete ich die Türe und draussen (ungeduldig wartend) stand Francis in der Flurbeleuchtung.

»Komm schnell herein«, sagte ich zu ihm, und wie ein Besucher, den man nicht erwartete, trottete er ins Zimmer.

Francis war ein vorwitziger junger Mann, den es vor über 14 Jahren in diese Gegend verschlagen hatte, nachdem er mit allen Mitteln verhindern konnte, in den Militärdienst eingezogen zu werden. Seine Schüchternheit, welche sich vor allem beim weiblichen Geschlecht bemerkbar machte, überspielte er mit seiner schnippischen Art. Immer und immer wieder blitzte er bei Frauen ab, ausser bei jener »lesbischen Bordellbesitzerin« aus Toulouse, bei der er sich eingemietet hatte, konnte er seine Persönlichkeit ausleben. Sein Aussehen erinnerte mich an einen Strichjungen, den ich in Hongkong kennengelernt hatte, als ich einen Sushikoch des Mordes überführt hatte. Meine anschliessende Reise zu den Fidschi-Inseln war meine persönliche Belohnung, auf Grund meiner Strapazen in Hongkong.

Mit unbeholfenen Bewegungen kam Francis auf mich zu und klopfte mir auf die Schulter und lächelte in einer Art, die ich etwas überheblich fand, und sprach mit leiser Stimme: »Wenn wir nicht unvorsichtig sind und du die nötigen Verbindungen in die Wege leiten kannst, werden wir es schaffen.«

»Es muss dir aber bewusst sein, dass du einige Zeit auf dein Geld warten musst«, räumte ich ein.

»Einen Vorschuss wirst du mir sicher nicht absprechen können«, fügte Francis in einer fordernden Art dazu.

»50 Pfund ist das Äusserste, was ich dir im Moment geben kann, und rasieren könntest du dich auch mal wieder, obwohl ich es vorziehen würde, mit den beiden selbst zu verhandeln. Sollte etwas schiefgehen, wären wir nicht die Ersten, die wegen einer solchen Geschichte ihr Leben lassen müssen.«

Franics zuckte zusammen und sein Gesicht wurde blass, seine Hände schwitzten.

»Nein«, sagte er, mit einer sich beruhigenden Stimme. »Die werden doch nicht etwa?«

»Nein, nein, das wird in Vergessenheit geraten und zudem können wir nicht mehr als 50.000 Pfund dafür erwarten.«

»Wir werden sehen, wie viel dabei für uns herausspringt«, berichtete ich ihm. »Auf jeden Fall wirst du dich mit deinem Anteil nicht zur Ruhe setzen können, denke ich.«

In mir kamen erstmals Zweifel auf, obwohl, aufgrund meiner minutiösen Planung nichts schiefgehen konnte. Plötzlich hörten wir vom Flur herkommend laute Geräusche. Langsam öffnete ich die Türe einen kleinen Spalt und sah, wie sich Ahmet und Hassan in die Haare kriegten, wild gestikulierend, in einer Art, die ich (obwohl ich oft in arabischen Ländern war) absolut nicht mochte. Ein emotional geladenes Geplänkel, ohne wirklichen Grund, mit rüpelhafter Kommunikation. Oft genug war ich Zeuge solcher Auseinandersetzungen.

Anschließend begab ich mich in meinen Duschraum und wusch mir intensiv die Hände, obwohl es fraglich ist, ob solche Aufregungen mit sauberen Händen besser zu ertragen sind.

Francis hatte sich unterdessen auf einen Stuhl gesetzt und schaute meinem Treiben zu.

»Ist das deine Art, dich reinzuwaschen?«, rief er mir zu, und ich wurde wütend, weil ich nur zu gut wusste, dass er recht hatte.

2. Kapitel

Die neue Masche

»Warst du einmal in Kabul?«, fragte ich Francis, um von dem leidigen Thema abzulenken.

»Nein«, antwortete Francis, nichtsahnend, was ich damit bezwecken wollte.

»Als ich im tiefverschneiten Kabul im Abdullah-Guest-House logierte, habe ich erstmals von einem Österreicher namens ›Alois Bösendorfer‹ von dieser Masche gehört. Wir waren bei minus 16 Grad eingeschneit und hatten genug Zeit, diese Masche auszuarbeiten, obwohl es sich in jener Version nur um Silber handelte und dies auch nur in kleinen Mengen. Trotz seiner Morphiumsucht war er klar bei Sinnen, nur sein Blick hatte einen Ausdruck, als schaue man durch ihn hindurch ins Leere, was mich hin und wieder erschaudern ließ. Wir teilten das Zimmer mit zwei Schweizern. Der Raum war mit Teppichen ausgelegt (wie es in solchen Gefilden üblich war), mit eingewobenen Mustern in uralter Tradition. Wenn man nach draussen in den wunderschönen Innenhof blickte, wurde man in eine Märchenwelt entführt, die mit ihren bizarren Skulpturen einen wunderschönen Kontrast zu der ebenen Schneedecke bildete. Immer wieder liess ich meinen Blick zu dem mit Mosaiksteinen gefliessten Brunnen gleiten. Er erweckte den Eindruck, als sei er aus dem Boden gewachsen. Das Tanzen der Schneeflocken unterstrich das Gefühl der Märchenwelt wie aus einer anderen Welt.

Mischka, der Koch des Guest-Houses, stammte aus Minsk und auch später blieb mir dieser schlaksige Russe in bester Erinnerung, weil er über seinen weiten Afghanhosen immer eine Frauenschürze trug. Er sprach nur holländisch und russisch, wobei ich das Holländische besser verstand. Meine vielzähligen Reisen in alle Herrenländer waren jeweils zu kurz, um die jeweilige Sprache zu erlernen.

Wir sassen in diesem Raum, abgeschottet von der Aussenwelt, und rauchten die traditionelle Wasserpfeife im tiefen Bewusstsein »Ruhe und Entspannung«, Zeit und Raum hatten aufgehört zu existieren, nur als Mischka die auf einem Holzherd zubereiteten Pancakes servierte, wurden wir von der Realität wieder eingeholt.

Jeden Morgen spielte ich mit Alois eine Schachpartie im Garten und kann mich nicht daran erinnern, einmal gewonnen zu haben. Auf Grund des teuren Anfeuerungsholzes hatte ich, mit all meinen Kleidern tragend, die Nächte in meinem Schlafsack verbracht. Die Ruhe der Nacht wurde durch das Abfeuern der zahlreichen Flakgeschütze unterbrochen, welche von russischen Belagerern gegen Kabul gerichtet wurden. Die Mudschaheddin und weitere Splittergruppen haben sich rings um Kabul in die Berge zurückgezogen und so waren es die in Kabul lebenden Zivilisten, welche darunter gelitten hatten.

Niemals war ich einer wirklichen Gefahr ausgesetzt und nie ängstlich, denn die Angst ist eher ein Privileg des Alters, wenn man dies so sagen kann. Der Grund dafür liegt in der Erfahrung, viel zu wissen und das zu wissen, was alles passieren könnte, falls man sich in Situationen begibt, welche schon tausend Male erlebt worden waren.

Keines dieser »negativen Erlebnisse« kann man mit positiven Gedanken verhindern, nur mit positivem Handeln.

Wir kennen zum Beispiel keine Statistik, welche belegt, wie viele Frauen nachts um 2 Uhr, im Anschluss an einen Partybesuch, alleine zu Fuss nach Hause gehen und »nicht« überfallen werden. Angst entwickelt sich nach und nach, von unseren ängstlichen Eltern vorgelebt. Es gibt nur zwei wirkliche Grundängste: Die eine ist die Angst vor dem Tod und die andere, weil wir nicht wissen, wann es passiert. Immer wieder stehen wir im Vergleich zu Statistiken, ohne zu merken, dass wir mit einer grossen Lüge konfrontiert werden, welche nur noch durch ein riesengrosses Lügenkonstrukt, welches uns die Medien vorgaukeln, übertroffen wird. Rechtspolitische Gruppierungen versuchen uns im Glauben zu lassen, dass unser ganzes »Unheil« durch

Ausländer verursacht würde, und haben die Frechheit, uns dies mit Statistiken beweisen zu wollen. Gerade der Vielgereiste weiß, dass wir grenzenlos sind und unsere Psyche nur durch unsere eigenen Barrikaden begrenzt werden, indem wir nur einen Bruchteil unseres Potenzials nutzen. Es verdichtet sich die Ansicht, dass wir in unzähligen »Zwischenwelten« leben, auch als Parallelwelten definiert, wobei sich der Übergang vom Leben zum Tode innerhalb dieser Parallelwelten abspielt. Die unauslöschbare Energie jedes Menschen befindet sich in dieser Zwischenwelt. Die uns nahestehenden Verstorbenen, in Form ihrer Energie, entfernen sich gleichwohl wie wir uns dieser Wesen entbinden ...

Francis schaute mich etwas entgeistert an und der Strassenlärm war wahrzunehmen, während der Deckenventilator unaufhörlich weitertrommelte.

3. Kapitel

Eine Shisha für Rick

Gemütlich schlenderten wir die Taalat Street hinunter, das eine oder andere Mal uns umschauend, obwohl es im Gewühl der Menschen wirklich einfach war, in eine Anonymität einzutauchen. Wir Europäer bewegen uns grundsätzlich schneller als Einheimische, so wie auch die Art des Gehens sich merklich unterscheidet. Nie sei ihm das aufgefallen, meinte Francis zu mir.

»Auf meinen Reisen durch Asien und Südafrika ist mir dieses Phänomen immer wieder aufgefallen«, sagte ich zu Francis in einem schon fast plaudernden Ton.

»Wie erklärst du dir dieses Phänomen?«, fragte Franics.

»Die Intensität der Betrachtung ist nur mit einer ruhigen und unaufgeregten Lebenshaltung möglich! Mit der Eile, welche uns Europäer scheinbar auszeichnet, sind wir unseren Glücksmomenten immer einen Schritt voraus.«

Ich dachte so für mich selber, dass Francis von all dem »nichts« begriffen hatte …

Ich bitte Sie, meine lieben Leserinnen und Leser, meine kleinen Ausflüge in die Welt der Psychologie zu entschuldigen. Ich werde mich in Zurückhaltung üben, um Sie, meine lieben Leserinnen und Leser, nicht von der eigentlichen Geschichte abzulenken …

Francis entdeckte am Ende der Seitenstrasse ein kleines Teehaus namens »Mohammed Inn«. Das Teehaus war etwas zur Strasse hinausgebaut. Die Korbstühle mit ihren abgewetzten Bezügen erinnerten mich an ein Pariser Café, in dem ich mich fast täglich mit Künstlern aus aller Welt über Kunst austauschte. Ich war fest entschlossen, meine damalige Freundin »Claudine« zu heiraten. Leider kam ich nie dahinter, ob sie sich mehr zu Männern oder Frauen hingezogen fühlte, denn die leidige Affäre dauerte nur sechs Wochen. Wir lebten in einer kleinen Pension an der Rue Sagosche. Wir liebten uns Tag und Nacht, bis sie mich wegen eines Golflehrers aus San Francisco verließ. Aus lauter Verzweiflung habe ich sechs Kilo an Körpergewicht zugelegt, was ich immer tue, wenn meine Probleme mich zum Essen animieren. Was aus dieser Frau geworden ist, die ich einst so liebte, weiss ich nicht.

Das Teehaus »Mohammed Inn« war wie eine kleine Oase inmitten der Stadt. Während ich den illustren Gästen zuschaute, meist Ägypter und Sudanesen, welche Backgammon spielten und zwischendurch an ihren Tegläsern nippten, bestellte Francis zwei Chais. Ich ging hinüber, um ein mir bekanntes Gesicht zu begrüssen.

Das Gesicht hatte tiefe Furchen und sein Besitzer war mittlerweile etwa um die 90 Jahre alt. Sein Name war »Rick« und alle nannten ihn so, weil er behauptete, er habe beim Set zum Film »Casablanca« für die ganze Belegschaft »Leberwurstschnittchen« zubereitet. Obwohl er Humphrey Bogart nur von weitem sah, behauptete er, ein guter Freund von ihm gewesen zu sein, was seine Freunde immer zu einem Schmunzeln und Augenzwinkern veranlasste. Rick gesellte sich zu uns und griff sich eine Shisha, welche auf einem kleinen Tischchen stand. Rick hinkte immer noch stark. Seine Behinderung hatte er sich zugezogen, als er sich aus Liebeskummer vor den Balkanexpress werfen wollte, was zum Glück nur teilweise gelang. Seine damalige Frau hatte sich mit einem 30 Jahre jüngeren Tankwart aus dem Staub gemacht. Er brachte gekonnt die Shisha in Gang, während er sein Gespräch mit den Worten »Heiss heute« zu beginnen versuchte.

»Es war aber schon heisser«, entgegnete ich ihm, und wir zogen den Rauch genüsslich in unsere Lunge, während die Mittagshitze unbarmherzig auf uns niederbrannte.

4. Kapitel

Das grosse Ding

Längere Zeit hörte ich nichts von Francis, auch nicht von Diego, welcher ganz ausgesprochen: Diego Garcia Ramon hiess. Er war ein feuriger Spanier, der ohne weiteres als Stierkämpfer durchgegangen wäre. Allerdings brachte er es nur zum »Icecream-Verkäufer« auf der Tribüne. Sein schmuckes Hütchen passte nicht zu seinen weiten Rapper-Jeans, welche er in einem Flohmarkt in New York erstanden hatte. Seine »Icecreams« waren nicht gekühlt, da er sie in einer alten Sporttasche mit sich herumtrug, welche einmal das Aushängeschild einer bekannten Sportartikelfirma gewesen war. Sein Geschäft lief schlecht, und er erinnerte sich daran, wie er früher »sexhungrigen Touristen« Frauen vermittelte und abends die frisch gelegten Schildkröteneier klaute, um wieder einmal etwas essen zu können. Nein, Diego hatte es wirklich nicht einfach, obwohl er aus einem reichen Elternhaus stammte. Sein Vater war »Kulturattaché« in Barcelona und seine Mutter leitete eine Gemüsebiokette, deren Hauptsitz an der Strada Espagnol zu Hause war. Als Kind lag er oft zwischen Bergen von Gemüsen in seinem Korb. Sein erstes Wort, welches er sprechen konnte, war »Bio« und nicht etwa »Mama«. Sein Vater war ihm gänzlich fremd. Später weigerte er sich vehement Gemüse zu essen. Auf Grund dessen hatte er mit 23 Jahren schon seinen ersten Darmverschluss, auf Grund seines übermässigen Rindfleischverzehrs, welches er sich beim Großmarkt besorgte. Zwei Tage saß Diego auf dem Dach eines Wolkenkratzers in Alicante und konnte sich nicht entschließen, herunterzuspringen. Verheiratet war Diego mit einer Krankenschwester aus Serbien, welche ihren ersten Mann (mittels eines starken Giftes) ins Jenseits befördert hatte. Anschliessend versuchte sie in Spanien Fuss zu fassen.
   Nach all den Jahren hatte ich Diego hier in Wadi Halfa wieder-

getroffen, als er versuchte (unten am Nil) bei den Landungsbooten irgendwelche Touristen anzupumpen, indem er ihnen vorgaukelte, er sei ein direkter Nachkomme von »Lord Nelson« und brauche etwas Geld, um seine Herkunft beweisen zu können. Aus Mitleid gaben ihm einige Touristen ein paar Piaster. Ich hingegen wusste, dass ich mich auf ihn verlassen konnte, und so hatte ich ihn (teilweise) in meine Pläne eingeweiht. Hellbegeistert und ohne Skrupel stimmte Diego zu und so verabschiedeten wir uns bereits am nächsten Tag zur Besprechung in meinem Hotel. Der Hotelmanager des Wadi-Halfa-Hotels sass, wie meist gelangweilt, dösend hinter seinem Schreibtisch und beachtete kaum, als ich meinen Zimmerschlüssel vom Haken nahm. Ausser den zwei vornehm gekleideten Touristen in Sakkos, einer sogar mit einer Krawatte, war die Eingangshalle menschenleer. Kein Lüftchen war zu spüren und die beiden Männer schwitzten, was mir bestätigte, dass die beiden sich noch nicht lange in Wadi Halfa aufhielten. Einer dieser Männer war äusserst nervös und erinnerte mich an Humphrey Bogart, weil er auch immer an seinem Ohrläppchen herumzupfte. »Zwei Einzelzimmer«, sagte einer der beiden und überflog mit seinen Augen die verbleichte Preisliste, welche an der Wand hing. »Sechs Pfund pro Person«, bestätigte der Manager, obwohl er bei diesen (vermeintlich wohlhabenden Touristen) wesentlich mehr hätte verlangen können. Nur Wortfetzen drangen an mein Ohr, als ich die Rezeption verliess. Doch plötzlich hielt ich inne und die beiden Herren, welche sich als »Harry Jones« und »John Smith« ausgaben, kannte ich, doch es wollte mir nicht einfallen, wo ich sie einordnen musste.

Doch ganz plötzlich fiel es mir wie Schuppen von den Augen. Ich identifizierte sie als die Männer, die letztes Jahr in dubiose Geschäfte verwickelt waren. Übermittelt wurde mir das von einem »Nordafrikaner« namens Jean Babtiste, genannt »Joba«. Ein mieser kleiner Gauner mit billigem Goldschmuck, welchen jeder gut sehen konnte, weil er immer damit herumspielte. Ich wollte eigentlich auf seine Anwesenheit verzichten, jedoch war er der Einzige, welcher mir einen gefälschten Reisepass besorgen konnte. 450 Dollar musste ich dafür bezahlen, was schon grundlegend eine Frechheit war. Die Stimmung in diesem Restaurant hatte ein internationales Flair. »Puddingshop« hiess es und es diente als Zwischenstation für Reisende, Hippis und Rucksackreisende, welche auf dem Weg nach Indien waren. Nachdem sich die Leute mit Pudding aus aller Herrenländer vollgestopft hatten, gab es natürlich die obligaten Besichtigungen: Sultan Ahmet Mosche, Hagia Sophia und natürlich den gedeckten Basar. Istanbul hatte mir nie besonders gefallen und bis auf ein paar wenige Freunde kannte ich niemanden in dieser stinkenden Grossstadt. Joba erzählte mir von einem Juwelendeal, welchen zwei Gentlemangangster durchgezogen hatten, wobei er mich als Zwischenhändler an Bord holen wollte, denn meine guten Beziehungen waren weitherum bekannt. Er nannte beiläufig die Namen John und Harry. Jetzt war mir alles sonnenklar, dass es sich um Harry Jones und John Smith handeln musste.

5. Kapitel

Es kam, wie es kommen musste

Ich lag auf meinem Bett im Wadi-Halfa-Hotel und schaute an die Decke. Meine Blicke wanderten an den Rissen entlang, welche sie hatte, und ich bemühte mich, an gar nichts zu denken. Doch immer wieder kehrten meine Gedanken zurück und immer wieder sagte ich zu mir selber: »Du darfst den richtigen Zeitpunkt nicht verpassen, die Initiative zu ergreifen.« War es Schicksal oder Fügung, nein »Bestimmung« war das Wort, nach dem ich gesucht hatte, um meine Vorgehensweise damit entschuldigen zu können. Solche Aktionen lösten bei mir immer heftige Adrenalinschübe aus und so kam es mir nur als eine simple Wortspielerei vor. Sanft fiel ich in einen tiefen Schlaf, obwohl es erst Mittag war und es mir so vorkam, als schiene die Sonne noch heisser als sonst. Als ich auf meine in Kairo erstandene Uhr blickte, war es schon gegen 3 Uhr und ich fühlte mich ermattet, während ich nur mit einem Handtuch bekleidet zum Fenster ging und mir eine Zigarette anzündete. Während ich die Fensterläden ganz öffnete und der andauernde Lärm an meine Ohren drang, dachte ich so für mich selber, dass ich diese andauernde Huperei eines Tages sicher vermissen werde. Noch immer den Schlaf aus meinen Augen reibend, öffnete ich einen kleinen Schrank, in den ich meine frische Wäsche gelegt hatte, welche mir eine kleine Wäscherei unten an der Ecke für ein kleines Bakschisch vorbeigebracht hatte. Diesen Luxus leistete ich mir, zudem es in diesem Hotel keine Waschmaschine gab. Ich kannte die Waschsalonbetreiber gut. Der Besitzer war ein Sizilianer. Er war schon 16 Jahre hier ansässig. Er blieb in Wadi Halfa hängen, nachdem er festgestellt hatte, dass ihm dieses Klima bei seinen Rheumabeschwerden entgegenkam. Seine Frau war eine ehemalige Ostdeutsche, und er hatte sechs Kinder mit ihr, welche weit verstreut in der ganzen Welt lebten. Giovanni war früher Pizzaiolo mit Ambitionen zum Geschäftsführer, was dann aber doch nicht in Frage kam, weil ihn die Polizei erwischte, als er einige Male bei seiner Nachbarin an den frisch gewaschenen Damenhöschen schnupperte, da er, nach seinen eigenen Angaben, der blütenweissen Frische nicht widerstehen konnte. Drei Tage Gefängnis hatte ihm das eingebracht, und nachdem er seine Beförderung zum Geschäftsführer vergessen konnte, verliess er Sizilien in Richtung Afrika.

Um Punkt 3 Uhr, als ich feststellen musste, dass Diego mich versetzte, saß ich in dem kleinen Restaurant im Wadi-Halfa-Hotel. Die zwei winzigen Fenster liessen nicht viel Licht herein und man hatte den Eindruck, sie seien nie geputzt worden. Die Wände zierten Holzvertäfelungen aus imitiertem Tropenholz. Einige Tische und Stühle wurden in den Raum gestellt, um dem Zimmer ein gewisses Ambiente zu verleihen. Der ganze Stolz bestand aus der Beleuchtung in Form von kristallenen Leuchtern, welche mit Sicherheit im Basar Chanel-chanilli in Kairo gekauft wurden. Nur widerwillig wurden die Leuchter angezündet und man brauchte nicht viel Fantasie, um den Grund dafür herauszufinden.

Die Bedienung liess auf sich warten und so studierte ich die Speisekarte mehrmals durch. Mit sauberer Handschrift standen einige Menüs darauf geschrieben, wie zum Beispiel: Falafel mit Frites, Auberginen mit Frite Potatoes und das Prunkmenü: »Chicken« mit Reis und Salat, wobei ich den Salat auslassen würde, ausser es würde einem nichts ausmachen, Tage und Nächte auf der Toilette zu verbringen. Ich habe schon etliche Leute kennengelernt, welche in Ägypten waren, aber keiner war darunter, der nicht an Magenkrämpfen und Durchfall gelitten hatte. Ich entschied mich für »Chicken«, und als ich mich eben entschieden hatte, kam eine etwas vulgär wirkende Serviertochter herein. Sie machte keine Anstalten, ihre prallen Brüste zu verstecken, und es war nicht verwunderlich, dass mir das »Schwerkraftprinzip« in den Sinn kam.

»Was wollen Sie?«, fragte sie halbwegs freundlich und hielt eine der Speisekarten in der Hand.

»Chicken«, antwortete ich in etwa demselben Ton, »und ein Stella bitte.« Das war das einzige Bier, welches man hier kriegen konnte. Es war trinkbar, aber meistens viel zu warm.

»Sind Sie Gast in diesem Hotel … und soll ich Ihnen einen runterholen?« … Dies hatte sie zwar nicht gesagt, aber ihre Mimik und ihre Bewegungen waren eindeutig. »Falls Sie Gast in unserem Hotel sind, werde ich es Ihnen anschreiben.«

Ein paar alte, vergriffene Zeitungen lagen auf der Ablage. Ich griff mir eine und las darin, was schon vor ein paar Tagen aktuell gewesen war.

Einen Moment erschrak ich, als ich »Elisa« zwischen dem Türrahmen stehen sah. Elisa, eine dürre Rothaarige mit einer nicht dazu passenden Bluse und einem luftigen Röckchen, wie von einem Mädchen der letzten Klasse. Ihr Auftreten wirkte wie fast in einem alten Hollywoodfilm (theatralisch und doch gespielt). Auf jeden Fall brauchte sie viel Zeit, um ihre Schminke aufzutragen, und ihre Augenbrauen waren sorgfältig gezupft. In ihrer Hand hielt sie eine kleine modische Wildlederhandtasche, aus der sie eine typische Damenzigarette hervorzauberte. »Hast du Feuer, Herbert?« und kam mir dabei ein paar Schritte entgegen, wobei sie ihre Rundungen zum Schwingen bringen wollte, obwohl sie fast keine Rundungen hatte. Ich hatte sie auf einer Party in Freiburg kennengelernt, als sie betrunken auf einem Tisch tanzte und den Anwesenden zurief: »Ihr könnt mich alle haben.« Als sie schliesslich vom Tisch fiel, landete sie gerade in meinen Armen und flüsterte andauernd in mein Ohr: »Ich kenne alle provozierenden Stellungen.« Nie wäre es mir in den Sinn gekommen, eine Liebesbeziehung mit ihr aufzubauen, obwohl sie schon eine gewisse Anziehungskraft ausübte. Sie war in erster Linie damit beschäftigt, das Erbe ihres verstorbenen Vaters unter die Leute zu bringen. Ihr Vater war bei einer Schlittenschlussfahrt (in der Nähe des Starnberger Sees) ums Leben gekommen, als er versuchte, mit seinem Schlitten unter einem Zaun hindurchzufahren. Seither reiste sie in der Welt umher und meistens

»mir« hinterher. Sie ließ sich in Kairo sowie auch in Istanbul blicken. Elisa näherte sich meinem Tisch und bückte sich so, dass ich tief in ihren Ausschnitt blicken konnte, und ich dachte mir, wohin man sonst blicken würde, wenn eine Frau sich herunterbeugt und keinen BH trägt.

»Habe ich dich also gefunden«, sagte sie in einem Anflug von Erotik. »Du versucht immer wieder mir zu entkommen, aber es wird dir nicht gelingen, ausser auf dem Mond oder in der Antarktis. Bitte, Herbert, sag, dass du mich liebst«, hauchte sie.

Man merkte, dass sie schon reichlich getrunken hatte. Als sie sich auf dem Tisch aufstützen wollte, stiess sie mein Bierglas um, und ganz plötzlich wechselte ihre Stimmung in eine Art Hysterie. Ich hatte dies schon oft erlebt, zuletzt in Kairo, als sie mir auf offener Strasse eine Szene machte, als ich sie aufgrund ihrer Betrunkenheit nicht küssen wollte. »Wollen wir nicht Freunde sein?«, sagte ich ein weiteres Mal zu ihr, doch mit diesem Kompromiss war sie nicht einverstanden. Ich musste ehrlich zugeben, dass ich sie gerne mal auf einen gepflegten »Geschlechtsverkehr« auf mein Zimmer genommen hätte, doch vertrieb ich mir diese Gedanken wieder schnell aus meinem Hirn. Die Bedienung brachte mir unterdessen mein Essen, worauf Elisa die Gelegenheit nutzte, einen Gin-Tonic zu bestellen.

»Hast du nicht schon genug gehabt?«, aber sie fuhr mir ins Wort: »Was machst du übrigens hier?«

»Ich suche nach dem heiligen Gral«, scherzte ich und versuchte so elegant wie nur möglich meine Chicken Wings anzuknabbern.

»Du bist sicher wieder an einer Sache dran?« Und sie nippte an ihrem Gin.

»Nur geschäftlich«, entgegnete ich und knabberte weiter. Sie lachte laut heraus, sodass die Serviertochter hereinkam und fragte, ob auch alles in Ordnung sei.

Lustig wippten ihre Brüste, als sie den Raum wieder verließ. Ich rief ihr hinterher: »Bitte bringen Sie mir noch ein Bier.«

Die Pfütze, welche das ausgeschüttete Bier hinterliess, löste langsam die Farbe aus dem Tisch und die zu salzigen und labbrigen Frites liessen mich an meinen Blutdruck denken.

6. Kapitel

Die entscheidende Begegnung

Wie Elisa und ich so dasassen und uns über belanglose Dinge unterhielten, stiessen zwei weitere Gäste zu uns. Ein leicht korpulenter Mann, mit einer Stirnglatze und einem Schnauzbart, welcher elegant geschwungen war. Er erinnerte mich an einen britischen Offizier, wenn man sich die Uniform dazudenken würde. Jedoch trug er khakifarbene Shorts und machte einen gehetzten Eindruck. Seine Begleiterin schätzte ich auf etwa 40 Jahre. Sie trug einen überdimensionalen Sommerhut und ein viel zu enges T-Shirt und mit Blumen bedruckte Leggins, die etwas unpassend wirkten.

»Wo bleibt die Bedienung?«, rief der Mann und trommelte nervös mit seinen dicken Fingern auf der Tischplatte herum.

»Da müssen Sie Geduld haben«, sagte ich zu ihm und scherzte weiter. »Das Personal entspricht dem Niveau des Hotels.«

»Wir wohnen im Sheraton und sind Touristen aus der Schweiz, und ich sage es Ihnen gleich, wir können ein kleines Scherzlein vertragen, auch wenn wir Schweizer sind. Wir haben uns verlaufen«, sprach er weiter, »als wir die alten Beduinengräber besichtigen wollten und jetzt finden wir nicht mehr zu unserem Hotel zurück. Meine Frau und ich wohnen in einem Vorort von Örlikon, wenn Ihnen das was sagt?«

»Ja, ja«, entgegnete ich, ich wollte ihn aber nicht unterbrechen.

»Wir sind eine alte Familiendynastie und haben uns auf die Herstellung von Schokolade spezialisiert. Unser großer Renner sind die ›Schokoleckis‹, schon probiert?«

»Mein Name ist ›von Willensdorf‹«, und man merkte, dass es ihnen viel Eindruck machte. »Und das ist Frau Elisa Mayer aus Freiburg. Ich würde mich als Weltenbummler bezeichnen, Cosmopolit sozusagen«, fügte ich schnell hinzu. Doch bevor ich richtig aussprechen konnte, fiel er mir ins Wort.

»Heiss heute?«

»Ja, aber es war schon heisser«, antwortete ich schon routiniert.

Elisa nutzte die Gelegenheit, um sich an mich zu schmiegen, wie wenn wir ein Liebespaar wären. Langsam stiess ich sie zurück. Ruckartig setzte sie sich wieder gerade hin und durchbrach die momentane Stille mit den Worten: »Was machen wir heute, Liebster?«

»Wir haben drei Kinder, alle im Gymnasium und später werden sie studieren«, log der Schnauzbart, welcher sich und seine Frau als Herr und Frau Hüttenmoser ausgab.

Ja, ja, die Kinder … und wir wissen nur zu gut, wie es um die Kinder solcher reicher Leute bestellt ist, dachte ich mir. Der eine kann sich nicht von Mama losreissen und sitzt den Eltern auf der Tasche. Der eine nimmt Drogen und einer wird »Türsteher« in einem türkischen Bordell.

»Ja, ja, die Kinder«, entgegnete ich.

Da bin ich schon froh, dass meine Tochter ein anständiges Mädchen geworden ist, mit einem Mann an ihrer Seite, mit dem man Pferde oder sonst was stehlen kann. Obwohl ich meine Tochter früher oft vernachlässigte, nimmt sie mir das heute nicht mehr übel und ist so geworden, wie ich mir das immer gewünscht hatte.

Frau Hüttenmoser durchbrach meine Gedanken und plapperte von Nebensächlichkeiten, wie zum Beispiel, dass es immer so viel Laub im Swimmingpool habe oder dass die Schokoleckis nur von älteren Leuten gekauft würden, vor allem wegen ihrer Waldbeerenfüllung und dass ihre geliebte »Schinkenwurst« momentan im Laden nicht erhältlich sei. Als sie diese Sachen aufzählte, wussten wir über die Tragik des Lebens Bescheid. Wenn man die Leute aussprechen lässt, begeben sie sich in ganz seltsame Gefilde. Man nennt es auch »Therapie zur Selbsttherapie«, denn nur gute Zuhörer wissen über das Leben Bescheid. Und am schlimmsten sind diejenigen, die, bevor man ausgesprochen hat, sagen: »Ja, ich weiss genau, was du sagen willst.«

Eine klassische Form von sprachlichem Exhibitionismus. Ich frage mich, was schlimmer ist, wenn einer beim Vorbeigehen mal schnell seinen Mantel öffnet, um zu zeigen, was er hat, oder der andere, der aus einer krankhaften Veranlagung heraus immer dreinreden muss, um so einer krankhaften Neigung nachzugehen. Man nennt es auch »das Bette-Midler-Syndrom«, obwohl ich Bette Midler nie persönlich kennengelernt habe.

Frau Hüttenmoser erzählte und erzählte, ohne dass ich unanständigerweise zugehört habe.

»Liebe Leserinnen und Leser, leider konnte ich es mir wieder nicht verkneifen, meinen psychologischen Senf dazuzugeben, und ich bitte Sie, meine geduldigen Leserinnen und Leser, dies zu entschuldigen.«

»Waren Sie schon einmal in Peking?«, unterbrach der Schnauzbart meine Gedankengänge.

»Nein«, antwortete ich und nippte an meinem Glas.

»Peking ist ...«, Frau Hüttenmoser fiel ihm ins Wort, »... Peking ist die dreckigste Stadt, welche wir jemals gesehen haben: das schlechte Essen, die überfüllten Straßen, keine Taxis ...«

Elisa fand langsam Gefallen an den beiden und kicherte dazwischen, sodass es mir peinlich wurde. Als Herr und Frau Hüttenmoser gegessen hatten, bezahlten sie bei der Bedienung, welche unser Gespräch interessiert mitangehört hatte, und verschwanden so, wie sie gekommen waren. Elisa bestellte noch einen Gin und sagte zu mir in einem eindringlichen Ton: »Wenn du mich schon nicht liebst, dann kannst du wenigstens mein Geld lieben. Ich könnte dir ein sorgenfreies Leben garantieren, sozusagen ein ›Sorglospaket‹.«

»Du denkst, du könntest mit deinem Geld alles erreichen? Bei mir funktioniert es jedenfalls nicht.«

Die Vorstellung, mit irgendwelchen Yuppies am Pool zu sitzen und über irgendwelche belanglosen Dinge zu sprechen, war mir zuwider.

Nein, mein Leben gefiel mir so, wie es war, und ich hatte genug Geld, um meinen Lebensunterhalt zu bestreiten. Kaum hatte ich meinen Gedanken fertig gedacht, erschien einer der zwei Männer, welche ich an der Rezeption gesehen hatte. Es war Harry Jones, obwohl dieser Name mit Sicherheit nicht stimmte. Er ging geradewegs zu einem Tisch und die Beule in seinem Jackett bestätigte mir, dass er eine Waffe bei sich trug. Genüsslich zündete ich mir noch eine Zigarette an und ass dazu eine dieser wohlschmeckenden Datteln.

»Sie sind der Herr aus Zimmer 16?«, fragte ich ihn beiläufig.

»Wen interessiert das?«, gab er zurück, während er die Speisekarte studierte.

»Mein Name ist Herbert von Willensdorf«, sagte ich zu ihm, doch es schien keinen grossen Eindruck auf ihn auszuüben. Ich zog an meiner Zigarette und sagte anschließend: »Und das ist Elisa Mayer.«

Harry Jones musterte Elisa, in dem er seine Blicke von oben nach unten schweifen liess, um an den exponierten Stellen jeweils eine kleine Pause einzulegen. »Hübsch«, sagte er anerkennend und sie schien ihm zu gefallen.

Spätestens jetzt war der Augenblick gekommen, um mich von Elisa zu verabschieden. Ich drückte ihr eine Dattel in die Hand und sagte: »Das, Elisa, ist dein Abschiedsgeschenk.« Als sie sich verabschiedet hatte, verschwand sie lautlos.

7. Kapitel

Die gefährlichste Entscheidung

Bitte setzen Sie sich doch an meinen Tisch«, sprach ich ihn erneut an und machte dazu eine eindeutige Handbewegung.
»Die wäre eine Sünde wert.«
»Nur zu, es ist nicht meine Frau« und wollte damit das Eis brechen.
»Interessant«, meinte Harry und zog seine Brille von der Nase, um sie zu putzen.
»Hatten sie chicken?«, fragte er mich.
»Ja, war ganz gut«, sagte ich.
»Sind Sie geschäftlich unterwegs?«, stellte ich die obligate Frage.
»Ja, so könnte man sagen«, gab er zurück. »Wir liefern Gasturbinen in den Sudan«, log er.
»Übrigens, was ich Sie noch fragen wollte, Herr Jones, trägt Ihr Freund auch eine Waffe?«
… Stille.
»Wir haben im Ausland immer eine Waffe bei uns«, verharmloste er schnell.
Es herrschte eine angespannte Grundstimmung und ich schaute zur Türe, ob uns jemand belauschen konnte.
»Ich bin auch auf Geschäftsreise«, versuchte ich die Stimmung zu entschärfen und sprach langsam weiter, um seine Neugier zu wecken, was mir auch gelang. Jetzt war der Augenblick gekommen, die Katze aus dem Sack zu lassen, und besonnen redete ich weiter: »Ich habe den Auftrag bekommen, für eine große Schweizer Bank Musterkollektionen von auserlesenen Halbedelsteinen nach Omdurman zu bringen.« Interessiert hing Harry an meinen Lippen, nahm seine Brille erneut ab und putzte sie, was er anscheinend immer tat, wenn er nervös war.
»Warum übernachten Sie in einem solch schäbigen Hotel?«, und

er merkte sogleich, dass ich ihm die gleiche Frage auch hätte stellen können.

»Gewisse Umstände haben mich dazu gezwungen.«

Jetzt hatte ich seine Neugier endgültig geweckt. Er dachte wohl, dass an der Halbedelsteingeschichte etwas faul sein müsse. Langsam fragte Harry weiter: »Und was geschieht mit den Steinen, wenn sie in Omdurman sind?«

»Dies hat mich dann nicht zu interessieren«, beantwortete ich seine Frage und zündete mir eine weitere Zigarette an. »Wie kommt ein Mann wie Sie zu solch einem Job?«

»Nachdem ich wegen gewissen Unregelmässigkeiten vom Polizeidienst ausgeschlossen wurde, habe ich in einer Sicherheitsfirma gearbeitet, und weil ich einige Sprachen spreche, wurde ich für diesen Job ausgewählt.«

»Trotz Ihrer Vergangenheit?«, fügte Harry hinzu.

Jetzt hatte ich es erreicht und der kriminelle Aspekt stand schon mitten im Raum. Endlos kam mir die Zeit vor, bis Harry endlich den Vorstoß machte. Irgendwie traute er mir nicht und wollte mich auf die Probe stellen.

»Diese Unregelmässigkeit hatte wohl nichts mit Diamanten zu tun?«

Kurz und knapp antwortete ich: »In gewisser Weise schon.«

Das Interesse war geweckt, wie ich an seiner Mimik feststellen konnte. Jetzt ganz langsam rückte er mit seinem Vorschlag heraus: »Wäre es eventuell möglich, dass Sie ein paar erlesene Schmuckstücke (Diamanten und Rubine) interessieren könnten?«, fragte er vorsichtig und zurückhaltend.

»Möglich, aber dies kann ich nicht alleine entscheiden«, versuchte ich ihn hinzuhalten und war auch nicht bereit, ihm alle Trümpfe in die Hand zu spielen.

»Na gut, Herr von Willensdorf, Sie wissen ja, wo Sie mich finden können, falls es Ihr Interesse geweckt haben sollte.« Er verabschiedete sich von mir mit einer Handbewegung.

Für mein geschicktes Vorgehen hatte ich mir eine Belohnung verdient und bestellte mir einen wunderbaren Longdrink. Lange fühlte ich mich nicht mehr so gut und ein wohliges Gefühl durchströmte meinen Körper. Der Fahrstuhl hatte eine schwere Eisentüre und brachte mich mit einer gediegenen Langsamkeit in den ersten Stock. Als ich bei Harrys Zimmertüre vorbeikam, hörte ich (schwach) eine Auseinandersetzung zwischen Harry und John, konnte aber nicht verstehen, wovon sie sprachen. In meinem Zimmer war es schon etwas kühler und ich legte mich auf das Bett, nachdem ich mich ausgezogen hatte, und dachte über Diego nach, welcher mich versetzte. Anderseits war es besser so, ich würde ihn später treffen. Ich las noch ein Buch mit dem Titel »Der fünfte Kopf des Cerberus« und merkte es gar nicht, als mir das Buch aus der Hand glitt und ich tief und fest einschlief.

8. Kapitel

Der Deal ist fast perfekt

Neun Stunden musste ich geschlafen haben, denn das Licht der Sonne bewegte sich bereits auf ein an der Wand hängendes Bild zu, welches einen sudanesischen Reiter darstellte, der auf einem prächtigen Araberpferd ritt. Der billige Abdruck war nicht nur wegen seines Rahmens wegen billig, sondern auch wegen seiner kitschigen Farben. Ohne Kaffee war ich nur ein halber Mensch und nicht fähig, klar zu denken.

Und während ich unten am Nil in einem Café saß und die gegenüberliegenden Palmenhaine betrachtete, erinnerte ich mich an meine Träume, welche ich letzte Nacht hatte ... Ich befand mich in einem Zimmer, dessen Wände und Decke gebogen waren, und überall an den Wänden hatte es runde Fenster (wie Augen) eingelassen. Eine Frau (es war meine Frau) kam langsam auf mich zu, sprach etwas zu mir, was ich aber nicht verstehen konnte. Langsam und behutsam legte sie ihre Arme um meinen Körper und küsste mich leidenschaftlich. Unsere Zungenspitzen berührten sich. Geschickt liess ich meine linke Hand unter ihre Spitzenbluse gleiten und im selben Moment löste sie sich aus meiner Umarmung, verschwand in einer kleinen Küche und fing an, sich eine Portion Spaghetti mit Kräuterpestosauce zu kochen. An mehr konnte ich mich nicht erinnern.

Die Sonne stand schon ziemlich hoch, als ich via Nasser Street in die Nile Street einbog. Ich blickte direkt auf den Ramsesbrunnen, ein neuzeitlicher Brunnen, mit einer halb defekten Ramsesfigur obendrauf.

Ich traf mich mit Francis, welcher ungeduldig auf mich wartete. In kurzen Sätzen berichtete ich ihm über die Begegnung mit Harry. »Alles ging bis dahin ein bisschen zu glatt«, meinte Harry und zeigte mit seinen Fingern auf ein mittelgrosses Gebäude, in dem ein Warenhaus beherbergt war. Dieses Warenhaus, welches seinen Namen nur halbwegs verdiente, war zweistöckig. Im Parterre war irgendwelches Plastikgeschirr aufeinandergestapelt und verschiedener Krimskrams stand wild durcheinander. Auf etlichen Tischen und Regalen standen alte Nähmaschinen und überall Tonvasen in allen Grössen und Formen. Im Raum stand die Luft und »Schweissgeruch« erfüllte ihn. Die meist weiblichen Kundinnen gestikulierten wild mit ihren Händen und feilschten um jeden Piaster, laut und schrill. Die kahlen Wände gaben das Echo mehrfach zurück. Unliebsam rissen die Frauen alles auseinander und es erinnerte mich teilweise an einen Schlussverkauf in unseren Warenhäusern, wenn sich die Frauen in die Haare kriegten, um die besten Stücke zu ergattern. Eine Holztreppe, welche in den ersten Stock führte, war übersät mit Papierschnipseln und sonstigem Abfall. Und überall die allgegenwärtigen Fliegen, welche sich auf dem Gesicht und auf sämtlichen unbedeckten Körperstellen niederliessen, um gierig den Schweiss aus den Poren zu saugen. Im ersten Stock wurden vor allem Stoffe, Kissen mit arabischen Motiven angeboten. Ein grosser Teil des Bodens diente dazu Teppiche zu lagern, welche mit grossem Aufwand auf alt getrimmt wurden, in dem man sie auf die Strasse legte und tagelang Autos darüberfahren liess. Die Teppiche wurden in Ägypten gewoben, aber als Beduinenteppiche deklariert. Die vermeintlichen Prunkstücke liegen dann bei europäischen Touristen zuhause, ohne dass die Besitzer jemals erfahren, dass sie in ihrem Heimatland den gleichen Preis oder sogar weniger bezahlt hätten. Die Touristen werden ihren Freunden erzählen, dass sie den Preis um die Hälfte heruntergehandelt hätten. Schlussendlich sind aber alle zufrieden, im Bewusstsein ein gutes Geschäft getätigt zu haben.

Ein schmaler Eingang führte zu einem Restaurant, nein, es war eher eine Cafeteria, denn an den Wänden hingen Bilder aus Italien und man wollte offensichtlich eine italienische Atmosphäre schaffen. Aber Bilder vom Schiefen Turm von Pisa reichten da nicht aus, um eine italienische Cafeteria daraus zu machen. Die Pappkartondekoration hatte man mittels »Heftklammern« an Wänden und Decke befestigt, aber die wenigen Gäste schien das nicht zu stören. Francis und ich setzten uns auf zwei dieser wackeligen Stühle und ein etwa 60-jähriger Mann nahm die Bestellung entgegen. Wir schlürften an unseren Guavedrinks.

»Wir werden eine Zeitlang abwarten müssen, so lange bis Harry ungeduldig wird. Ich werde die Ware begutachten und für uns einen guten Preis herausschlagen«, erklärte ich Francis, »und anschliessend wirst du zu deinem Einsatz kommen.«

»Das Timing entscheidet über Erfolg und Misserfolg.«

»Sollte alles gut gehen und uns Harry nicht durchschauen, so werden wir in drei Wochen am Stand von Malibu liegen, in der Sonne Kaliforniens.«

Francis stellte sich das Szenario bildhaft vor. »… und so viele Bräute haben, wie wir nur wollen«, fügte er hinzu.

»Ich rate dir, Diego keine genaueren Details zu verraten. Obwohl ich ihn auch brauche, ist er ein Schwachpunkt und nicht über jeden Zweifel erhaben. Wenn Diego Geld in die Finger kriegt, ist er unberechenbar und könnte unsere Aktion gefährden.

»Das denke ich auch, obwohl ich ihn nicht so gut kenne wie du ihn«, erwiderte Francis.

»Erst muss ich einen Käufer in Amsterdam finden und auch dann dürfen wir eine Zeitlang kein Geld ausgeben.«

»Du wirst mich nicht bescheissen?«, gab Francis noch hinzu, und ich schämte mich ein wenig, dass ich ihn nicht über alle Details aufklären konnte.

Wieder in meinem Hotelzimmer ruhte ich mich ein wenig aus und nur kurze Zeit später wurde meine Türe aufgerissen und Diego stand breitbeinig zwischen den Pfosten. Er strahlte eine Mischung aus »Aggression und Frustration« aus und begann mit den Worten: »Du traust mir wohl nicht? Francis hat angerufen und wollte mir (durch die Blume) klarmachen, dass mir nicht zu trauen sei.«

Ruhig und besonnen erwiderte ich: »Auf jeden Fall hast du unsere Verabredung nicht eingehalten.«

»Ich hatte gute Gründe.«

»Die interessieren mich nicht. Wie soll ich auf dich zählen können, wenn du eine einfache Verabredung nicht einhalten kannst.«

Diego blieb stumm ...

»Trotzdem bist du ein Scheisskerl und ich habe es satt, immer das fünfte Rad am Wagen zu sein.«

»Willst du aussteigen?«, fragte ich ihn, denn es würde auch ohne ihn gehen.

»Ja, das werde ich.«

»Ich erwarte von dir, dass du mir nicht in meine Geschäfte dreinfunkst«, sagte ich mit bestimmter Stimme.

Diego hatte den Kopf etwas gesenkt und verliess wortlos den Raum.

Frühmorgens bin ich aufgewacht und die Stadt lag noch im Dunkeln. In der Fladenbrotbäckerei herrschte schon emsiges Treiben. Ich lag noch eine Weile in meinem Bett, auch deshalb, weil ich wusste, dass das Hotel-Restaurant erst um 8 Uhr öffnen würde. Später, als ich bei der Rezeption vorbeikam, wühlte der Manager in irgendwelchen Papieren, mit denen man die Wände hätte tapezieren können.

»Ist ein Brief für mich gekommen?«, fragte ich ihn so schnell beim Vorbeigehen.

»Nein«, antwortete der Manager flüchtig und schnell.

»Ist Herr Jones noch auf seinem Zimmer?«

Gerade mal zwei Fragen, da war der Manager schon überfordert.

»Ja«, rief er mir zu, während ich schon dem Duft des frisch gebrauten Kaffees folgte.

Rauchend schmeckte mir der Kaffee noch besser und ich genoss den Moment des Augenblicks. Etwa um 9 Uhr stieg ich in den Fahrstuhl und die Kopfschmerzen, welche ich ab und zu bekomme, wenn ich einer besonderen Herausforderung gegenüberstehe, doch ich wusste, es geht vorüber. Kein Laut war zu hören, als ich an die Türe von Harry

Jones klopfte. Ich klopfte ein weiteres Mal und ein zaghaftes »Herein« war zu hören. Harry saß am Bettrand und man merkte, dass er erst gerade eben aufgestanden war.

»Wir werden ins Geschäft kommen«, begann das Gespräch.

»Ich habe nichts anderes erwartet, denn Sie werden sich eine solche Gelegenheit sicherlich nicht entgehen lassen.«

»Ich wäre interessiert, die Ware zu sehen.«

Kaum gesagt holte Harry einen Koffer unter seinem Bett hervor und ging mit mir zusammen zu einem Tischchen, auf welchem eine Ständerlampe stand, zündete sie an und öffnete den Koffer, mit einer geheimnisvollen Gestik.

»Oh, das sind ja wundervolle Stücke!«, schwärmte ich. Ich nahm das Diamantencollier in die Hand und prüfte es auf seine Echtheit, obwohl ich genau wusste, dass es echt war.

»Hervorragende Arbeit«, fügte ich hinzu und legte das Schmuckstück wieder vorsichtig an seinen Platz zurück. Während er den Koffer wieder schloss und den Koffer wieder versorgte, fragte ich ihn: »Woher stammen diese Stücke?«

»Das hingegen braucht Sie nicht zu interessieren. Nur so viel, John und ich bekamen einen Tipp, eine Adresse von einem Hehler hier in Wadi Halfa, aber als dieser absprang, weil ihm die Sache zu heiss wurde, sassen wir da mit dem Schmuck und waren natürlich froh, dass wir Sie, Herr von Willensdorf, kennengelernt haben. Nur um nicht allzu sehr aufzufallen, logieren wir in diesem schäbigen Hotel.«

»Nennen Sie mir einen Preis, Harry?«, wechselte ich wieder zum Geschäftlichen.

»60.000 Pfund«, sagte Harry mit schwacher Stimme und war offensichtlich bereit dazu, mit dem Preis noch weiter runter zu gehen.

»Doch, das ist ein annehmbarer Preis für diese Kostbarkeiten.« Harry war erleichtert, denn einen solch schnellen Abschluss hätte er nicht erwartet.

»Ich denke, morgen um 8 Uhr können wir die Übergabe vollziehen, denn ich brauche noch Zeit, einiges erledigen zu können.«

Trotz eines Rest Misstrauens sagte Harry zu mir: »O.K., also morgen um 8 Uhr bei Ihnen.«

Es blieb mir nicht allzu viel Zeit, um alles erledigen zu können, und so musste ich mich sputen. Die Strasse war belebt: Kinder spielten mit selbst gebastelten Reifen, Händler bewegten sich eiligst in Richtung Basar und Ladenbesitzer leerten kübelweise Wasser vor ihren Geschäften aus. Verzierte Stühle wurden mit Handwagen transportiert und immer und überall hörte man das Hupen der Autos, welche links und rechts von Fahrrädern überholt wurden, ohne irgendwelche Rücksicht zu nehmen. Der erste Teil meiner Planung bestand darin, Ibrahim einen Besuch abzustatten. Ibrahim nannte sich »Scheich Ibrahim«. In Wirklichkeit war er der Sohn eines in Italien ansässigen Automobilherstellers und verlieh Geld für einen Wucherzins. Es war aber meine einzige Möglichkeit, an die 60.000 Pfund zu kommen, und so besuchte ich ihn, welcher am Rande der Stadt eine kleine Villa besass. Als ich in sein Büro trat, sass er auf einer Art Thron und neben ihm standen seine zwei Geldeintreiber und wichen ihm nicht von der Seite. Nachdem ich ihm meinen Wunsch geäussert hatte, stimmte er mit den Worten zu: »Ihnen selbstverständlich, wo kämen wir denn hin, wenn wir einem von Willensdorf nicht mehr trauen würden.«

Seine Männer standen mit ernster Miene daneben und sagten kein Wort.

Mein zweiter Weg führte mich zur »Bank of Cairo«, welche in Wadi Halfa eine Niederlassung hatte. Der Taxifahrer fuhr wie der Teufel, anscheinend um mir eine Demonstration seines Könnens vorzuführen. Die Schalterhalle war fast leer und ich konnte für ägyptische Verhältnisse früh, das heißt nach einer halben Stunde meine Wünsche äussern. Nach unzähligem Papierkram und diversen Gesprächen war es mir möglich, ein Konto zu eröffnen. Trotz des ständigen »Nein, nein« nahm sie mein Geld entgegen und bat mich in einer Sitzecke Platz zu nehmen. Nach einer weiteren halben Stunde rief sie mich zu sich und meinte, dass jetzt alles in Ordnung sei. Sie rechnete nicht damit, dass ich noch eine Vollmacht für Francis brauchte und den Kontostand via E-Banking abfragen wollte. Obwohl die nette Frau am Schalter tagtäglich mit solchen Wünschen konfrontiert war, dauerte die ganze Prozedur über zwei Stunden in der kühlen, klimatisierten Halle.

9. Kapitel

Der Tag der Entscheidung

Der Tag schien endlos und wollte nicht vorübergehen. Etwas ausserhalb von Wadi Halfa, beim Nassersee, traf ich Francis, denn ich bat ihn, immer mit mir in Verbindung zu bleiben. Wir bestiegen zusammen eine Faluka, ein typisch ägyptisches Segelboot (mit einem Segel), welches hauptsächlich von Touristen gechartert wurde. Die Boote galten als Attraktion und waren auf dem See auch deshalb reichlich vorhanden. Drüben am andern Ufer sahen wir die Felsengräber aus vergangenen Zeiten, welche dem ansteigenden Wasser des Nassersees nicht zum Opfer gefallen waren. Ruhige Stille, nur das Plätschern und Gurgeln war zu hören, welches die kleinen Wellen an den Planken verursachten. Ein Kraftort. Erstmals kam ich etwas zur Ruhe. Die Luft flimmerte und es waren geschätzte 39 Grad Lufttemperatur. Wir waren alleine, nur der Faluka-Kapitän war noch dabei und schaute ruhig über das Wasser. Nirgends hatte man so seine Ruhe wie hier. Immer wurde man vollgequasselt. Fragen, woher man komme, und jeder und alle wollten Geld sehen. Einmal als ich mit Francis ausserhalb von Kairo von zwei Ägyptern zum Tee eingeladen wurde und wir bei ihrem Haus (ein Lehmhaus) ankamen, sassen schon etliche Einheimische bereit, um uns mit ihrem dilettantischen Bongogeklopfe und improvisierten Tänzen zu unterhalten. Wir tranken Tee und trotz allem freuten wir uns über die Gastfreundschaft. Aber als wir gehen wollten, ging ein höllisches Geschrei los. Alte Frauen hielten uns fest und riefen: »Wir wollen Geld sehen. Geld für die Unterhaltung und die Musik.« Ausserdem sollten wir ein Pfund für den Tee bezahlen, obwohl wir in jedem Teehaus nur 15 Piaster bezahlt haben. Wir rissen uns los und suchten das Weite. So viel zum Thema Gastfreundschaft. Nein, nirgendwo hatte man seine Ruhe, darum genoss ich es hier umso mehr. Nach einer gewissen Zeit unterbrach ich die Stille und offenbarte Francis einen weiteren Teil meines Planes. »Es funktioniert«, bestätigte er mir, und wir dösten und schauten hinaus, wie sich die Sonne im Wasser spiegelte.

»Nein, dass darf noch nicht wahr sein.« Am Bootssteg stand Elisa. Sie musste uns schon längere Zeit beobachtet haben.

»Ich sitze im Hotel und du machst unterdessen mit deinem Freund eine Segeltour«, sagte sie mürrisch zu mir, als wir am Steg andockten. »Ich wäre gerne mitgekommen«, fuhr sie fort und wechselte von einem Bein auf das andere.

»Komm, wir gehen noch in den Club, da können wir reden.«

Wir schlenderten zum Club, nachdem wir uns von Francis verabschiedet hatten. Sie bestellte sich auch sogleich einen Drink. »Hör auf zu trinken«, ermahnte ich sie und bestellte mir Kaffee.

»Es ist mir so etwas von egal«, meinte sie betroffen. »Du liebst mich nicht«, flüsterte sie, während ich mir eine Zigarette anzündete.

»Elisa, Elisa, du bist wirklich ein guter Kumpel, eigentlich eine wunderbare Frau, aber lieben kann ich dich nicht.«

Aus einem Lautsprecher tönte eine alte Schnulze, während sie zu mir sagte: »Du weißt, Herbert, eine Frau, die liebt, ist zu allem fähig.« Sie lallte schon etwas angetrunken, denn der Drink war ihr in dieser Mittagshitze schon etwas in den Kopf gestiegen. »Begreif doch, Herbert, ich möchte mit dir zusammen alt werden und in stürmischen Nächten ein paar Kinder zeugen.«

»Rede doch keinen Unsinn«, fiel ich ihr ins Wort und trank einen Schluck von meinem Kaffee.

»Ich bin sicher, du wirst einen lieben Mann kennenlernen und mit ihm zusammen ein paar Kinder haben, das habe ich in deinem Horoskop gelesen«, log ich. Sie beruhigte sich zusehends.

Die Zeit war schon fortgeschritten, als ich mich zum Café Royal begab, um eine Kleinigkeit zu mir zu nehmen. Ich bestellte mir eine Pizza, obwohl der Begriff »Pizza« ein dehnbarer Begriff ist, welches ich später auch feststellen konnte. Die Beleuchtung auf dieser Terrasse war sehr romantisch und die kleinen Glühbirnchen bewegten sich im lauen Abendlüftchen. Die Stromkabel waren irgendwie zusammengewurstelt, störten aber nicht den Gesamteindruck. Am Nebentisch tranken ein paar Jugendliche Bier, waren vergnügt, lärmten, was mich aber nicht besonders störte. Vorne war eine kleine Bühne aufgebaut, auf der vier Musiker irgendwelche Schlager zum Besten gaben. Oben stand gross der Name »Golden Hands«, offensichtlich handelte es sich um den Bandnamen. Der Schlager »Marmor, Stein und Eisen bricht« wurde angestimmt, und jeder der Musiker hatte das Gefühl, dass es unheimlich »grooven« würde. Nach jedem Song spendeten die Leute einen schwachen Applaus. Die Sonne versteckte sich langsam hinter den Hügeln und tauchte die ganze Umgebung in ein warmes, mystisches Licht. Die Peperoni-überladene Pizza war unterdessen kalt geworden, was mich aber nicht besonders störte, da ich, so oder so, keinen grossen Hunger verspürte. Immer und immer wieder kamen mir Elisas Worte in den Sinn und wie sie mir alles »recht« machen wollte, nur aus Liebe zu mir. Ich dachte aber nicht, dass sie sich etwas antun würde, denn sie liebte das Leben viel zu sehr. Ich bestellte noch ein Bier und begab mich anschliessend zu meinem Hotel zurück. Die Niluferstrasse lag schon im Dunkeln, nur einige Lichter spiegelten sich im Wasser.

John Smith war hübsch, grossgewachsen und Transvestit. Der Geschäftspartner von Harry Jones stand in seinem Badezimmer, welches etwas grösser und luxuriöser war als die anderen Badezimmer im Wadi Halfa-Hotel und kleidete sich in seine bereitgelegte Damenunterwäsche ein. Er zog sich langsam seine Netzstrümpfe hoch, nachdem er sich seine Beine sorgfältig rasiert hatte. Er liebte es, in Frauenkleidern vor dem Spiegel zu posieren, und mit einem ausgestopften Büstenhalter bekleidet, betrachtete er sich oft lange Zeit. Es war sein kleines, privates Vergnügen und oft gipfelte es darin, indem er zu sich selber sagte: »Ach, du Süsser.« Er stand unbeweglich vor dem Spiegel und war äusserst erregt. Er war derart mit sich selbst beschäftigt, dass er nicht bemerkte, wie sich ihm von hinten jemand näherte, und erst als er den kalten Lauf einer Pistole auf seinem Rücken spürte, erschrak er und drehte sich um. Die nackte Angst stand ihm ins Gesicht geschrieben. John blieb gerade noch genug Zeit, um »Ah, du bist es« zu sagen, als ein, durch einen Schalldämpfer, abgefeuerter Schuss ihn mitten ins Herz traf, worauf er zusammensackte und sein lebloser Körper auf den dunkelblauen Fliesen zu liegen kam.

Totenstille folgte, nur ein schwaches Geräusch durchbrach die Stille, als jemand von aussen die Türe langsam schloss. Das Hotel lag im Dunkeln und ein Schauer legte sich über diesen Ort.

Zur selben Zeit lag ich im Bett und blätterte in einer Zeitschrift, welche ich auf der Ablage gefunden hatte. Alles war ruhig, aber ich konnte nicht schlafen und wälzte mich hin und her. Ganz plötzlich läutete mein Handy. Es war Franics, der mir berichtete, er habe Elisa am Nilufer angetroffen, wie sie betrunken irgendwelche Touristen anpöbelte. »Was geht das mich an«, sagte ich zu Francis (etwas mürrisch) und legte wieder auf. Es war mir zu diesem Zeitpunkt nicht bewusst, dass genau dieses Gespräch mit Francis von ungeheurer Wichtigkeit war. Wieder versuchte ich den Schlaf zu finden, was mir einige Zeit später auch gelang.

Um etwa 7 Uhr morgens wurde ich durch ein lautes Geschrei geweckt. Ich öffnete meine Türe ein wenig und sah, wie der Hotelmanager und noch weitere Hotelangestellte wild durcheinander rannten und andauernd »Hilfe, Polizei, Mord« riefen. Genaueres erfuhr ich erst, als der Manager auf der Höhe meines Zimmers war und ich ihn fragte: »Der Mann aus Zimmer 14 ist ermordet worden?«

Ohne sich etwas beruhigen zu können, rannte der Manager weiter den Gang hinunter, um die Polizei zu benachrichtigen.

Unterdessen sah ich, wie Harry aus seinem Zimmer lugte und nicht begriff oder nicht begreifen wollte, was sich zugetragen hatte. Ich ging langsam hinüber zum Zimmer 14 und schaute mich drinnen um. Im

Zimmer herrschte ein wildes Durcheinander. Dann bewegte ich mich auf das Bad zu und sah dort die Leiche von John Smith liegen. Anschliessend verschwand ich wieder, um keine Spuren zu hinterlassen. Meine ersten Gedanken drehten sich darum, dass jemand das Zimmer von John durchsucht hatte. Als ich bei Harrys Zimmer vorbeikam, stand er immer noch draussen und ich sagte zu ihm, dass jemand John Smith umgelegt hatte. »Der arme Teufel«, entgegnete er kurz und zog sich wieder in sein Zimmer zurück. Kaum in seinem Zimmer, zog er den Koffer unter seinem Bett hervor, kam wieder heraus und deutete mir an, dass wir verschwinden müssten, da es in kürzester Zeit nur so von Polizisten wimmeln würde. Wir eilten hinunter zur Rezeption und Harry gab dem Manager, welcher immer noch sehr aufgeregt war, den Koffer in die Hand und sagte zu ihm: »Bitte deponieren Sie den Koffer im Hoteltresor und erst wenn ich Sie anrufe, möchte ich, dass Sie diesen Koffer Herrn von Willensdorf übergeben.«

Der Hotelmanager stammelte immer noch: »Mord und das in meinem Haus.«

»Kommen Sie, von Willensdorf, wir gehen noch kurz nach oben, ehe die Polizei kommt. Ich möchte noch etwas mit Ihnen besprechen.« Es war klar, dass er das Geld sehen wollte.

»Hören Sie, Harry, ich habe das Geld nicht bei mir. Ich gebe Ihnen den Scheck und wir überprüfen, dass der Scheck auch gedeckt ist.«

Harry schaute erst misstrauisch, aber auch als ich meinen Laptop öffnete und ihm anschliessend den Kontostand zeigte, war er einverstanden mit dieser Variante.

»Sehen Sie, Harry, das Geld ist auf dem Konto, Sie müssen es nur noch holen.«

Er konnte es kaum glauben, dass er nun im Besitz der 60.000 Pfund sein soll. Mit dem Scheck in der Hand verschwand Harry und ich nahm an, dass er auf direktem Wege zur Bank gehen würde. Von Weitem hörte man schon die Sirenen der Polizeiautos. Es dürfte nur noch wenige Minuten dauern, bis »Kommissar Malek Yussuf« mit seinen

Männern in das Hotel stürmen würde. Die Frage, wer wohl diesen John Smith umgebracht hätte, drängte sich in den Hintergrund, denn ich durfte keine Zeit verlieren und nahm mein Handy aus meiner Tasche und versuchte Francis zu erreichen, was mir leider nicht gelang, da mein Akku den Geist aufgegeben hatte. In meinem Zimmer fand ich, indem ich meinen Koffer durchwühlte, einen Ersatz, setzte ihn ein und wählte Francis' Nummer, der schon ungeduldig auf meinen Anruf wartete. »Schnell, Francis, es ist schon so weit.«

Ich wusste, dass Harry etwa 25 Minuten bis zur Bank brauchen würde, und die Zeit sollte eigentlich reichen. »Und vergiss den Anruf nicht!«, fügte ich hinzu. Francis, der schon vor der Bank gewartet hatte, ging hinein, zu einem der freien Schalter und verlangte mit seiner Vollmacht das ganze Geld, welches ihm ohne Probleme ausbezahlt wurde. Schnell entfernte sich Francis von der Bank und sah gerade noch, wie ein auf meine Beschreibung zutreffender Mann in die Bank hineinging.

Francis wählte die Nummer des Hotels. Ich hatte die ganze Zeit neben dem Telefon bei der Rezeption gestanden, um den Koffer in Empfang zu nehmen. Ich hörte den Anruf, aber der Manager war nicht auf seinem gewohnten Platz.

Erst nach einer Weile, welche mir als eine Ewigkeit vorkam, erschien der Manager, der sich im oberen Stock aufgehalten hatte.

»Das Telefon läutet«, rief ich ihm schon von weitem zu, »es läutet schon lange.« Der Manager machte keine Anstalten, sich zu beeilen, und es kam mir wie in Zeitlupe vor. Es würde nicht mehr lange dauern und Harry würde ins Hotel hineingestürmt kommen und dann wäre alles aus. Francis verstellte seine Stimme und wies den Manager an, mir den Koffer auszuhändigen. Eine Ewigkeit verging, bis ich den Koffer in Händen hielt. Im selben Moment näherte sich Kommissar Yussuf, welcher sich im oberen Stockwerk aufgehalten hatte.

»Und wer sind Sie?«, fragte er mich mit einer gewohnt misstrauischen Stimme.

»Mein Name ist von Willensdorf, Herbert von Willensdorf«, gab ich dem Kommissar zurück.

Der Kommissar hielt einen Moment inne und man merkte, dass er diesen Namen in einem anderen Zusammenhang schon einmal gehört hatte.

»Sind Sie verwandt mit dieser ›Frau von Willensdorf‹, welche aus Eifersucht ihren Ehemann und dessen Liebhaber mittels präparierter Morcheln ins Jenseits beförderte?«

»Nein, nicht verwandt und nicht verschwägert.«

»Zeigen Sie mir mal Ihren Ausweis, bitte«, sagte Yussuf zu mir. Er schaute ihn sich genau an und meinte dann, dass er ihn zur Überprüfung mitnehmen müsse. »In ein bis zwei Tagen kriegen Sie ihn wieder zurück«, versprach er mir. »Sie haben wohl nicht die Absicht, in nächster Zeit abzureisen?«

»Nein«, antwortete ich kurz und hielt den Koffer fest in meiner Hand.

Aus meinen Augenwinkeln heraus sah ich, wie Harry die vier Stufen der Treppe heraufstürmte. Er wollte sogleich mit seinen Beschimpfungen beginnen, als ich ihn mit den Worten »Darf ich vorstellen, das ist Kommissar Yussuf« unterbrach. »Er ist von der hiesigen Polizei und untersucht den Mord an John Smith.«

Harry schaute andauernd auf meinen, besser gesagt auf seinen Koffer.

»Könnte ich vielleicht auch Ihren Ausweis einmal sehen?«, sagte Yussuf zu Harry, welcher etwas widerwillig seinen Passport herauskramte.

»Sie heissen Harry Jones und sind Gast in diesem Hotel?«

»Ja, ja.« Harry wurde nervös und blickte abwechselnd zu mir und zu dem Kommissar.

Yussuf, welcher seine Polizeischule erst vor drei Jahren abgeschlossen hatte und erst letztes Jahr zum Kommissar ernannt wurde, sagte zu Harry in einem vorgespielt routiniertem Ton: »Herr Jones, Sie wissen, dass Sie von der Polizei in nicht weniger als drei Ländern gesucht werden? Ihnen werden einige Diebstähle zur Last gelegt, welche Sie in Frankreich, Italien und in Kairo begangen haben. Gerade heute habe ich die ›Depesche‹ gelesen.«

Yussuf hielt Harry am Arm fest und rief zwei seiner Beamten herbei, um Harry Jones abführen zu können.

»Üble Sache, was«, richtete sich Yussuf an mich.

»Was meinen Sie?«, fragte ich zurück.

»Natürlich den Mord in Zimmer 14 und er war nur mit ›Damenhöschen und Netzstrümpfen‹ bekleidet. Ja und einen Büstenhalter hatte er auch noch getragen. Wer macht denn so was? Üble Sache«, wiederholte er sich. »Sie wissen nicht zufällig, wer das gewesen sein könnte, Sie sind doch auch Gast in diesem Hotel?«

»Vermutlich der Gärtner«, scherzte ich.

»Ich hätte da noch eine Frage.« Seine Art erinnerte mich an »Colombo«, welcher das auch nicht besser gekonnt hätte. Er stellte seine Frage leise, sodass der Manager sie nicht hören konnte. »Was macht ein von Willensdorf in einer solchen Absteige?«

»Ferien, nur Ferien«, antwortete ich ihm, während der Manager hinter seinem Schreibtisch hervorlugte und rief: »Ein Mord und das in meinem Hause, ich bin ruiniert, wenn das die Gäste erfahren«, obwohl bereits jeder wusste, was sich letzte Nacht abgespielt hatte. Im Hotel wohnten noch zwei Kanadier, eine Familie aus Irland und eine kleine Reisegruppe aus England (einer der vielen Rolling-Stones-Fanclubs, welcher jedes Jahr eine kleine Reise unternahm). Ja und ein älterer Mann auf Zimmer 24, welcher die ganze Zeit auf seinem Bett sass und scheinbar die Linien auf seiner Mustertapete zählte, welche aufgedruckt waren.

»War es wohl ein Hotelgast?«, wollte Yussuf von mir wissen.

»Die Rolling-Stones-Fans sind zwar wilde Typen, aber ein Mord?«

»Vielleicht der alte Mann von Nummer 24?«

»Ja genau. Nehmen Sie ihn mit, verurteilen Sie ihn und wir haben alle Ruhe und der Fall wäre gelöst und wir könnten zur Tagesordnung zurückkehren.«

Irgendwie spürte ich, dass der Kommissar Sympathie für mich hegte.
»Sie, Herr Willensdorf, werde ich auf jeden Fall im Auge behalten.«
»Von Willensdorf«, entgegnete ich, »so viel Zeit muss sein.«
»Freut mich«, sagte Yussuf.
»Sie werden mich jetzt entschuldigen müssen«, sagte ich zu dem Kommissar.
»Tun Sie das«, war seine Antwort.
Mein Handy läutete und ich sah sogleich, dass es Francis war.
»Hör mal, Herbert, es hat mir keine Ruhe gelassen, wegen Elisa.«
»Was ist?«
»Elisa hatte mich inständig gebeten, dir von den Pöbeleien, welche sie am Nilufer scheinbar hatte, zu berichten, was aber ganz und gar nicht stimmte. Warum sie mir das auftrug, weiss ich nicht, denn ich hatte sie beobachtet, wie sie mit Harry Jones zum Clubrestaurant flanierte, Arm in Arm und wie ich aus einiger Entfernung sehen konnte, küssten sie sich leidenschaftlich. Ich dachte mir, dass du nicht erfahren solltest, dass sie mit Harry eine kurze Affäre hatte.«
»Schon möglich«, entgegnete ich und wollte soeben das Gespräch beenden, als mir Francis noch Weiteres offenbarte.
»Übrigens habe ich das ganze Geld bei mir und ich denke, dass ich mir eine solche Gelegenheit nicht entgehen lassen kann. Ich denke, dass das Geld bei mir gut aufgelegt ist. Ich fürchte mich, dir sagen zu müssen, dass ich mich absetzen werde. Leider ist es nicht genug für uns beide.«
An dieses Geld hatte ich gar nicht mehr gedacht. Und jetzt will sich also Francis mit meinem geliehenen Geld zur Ruhe setzen. Bald werde ich die Geldeintreiber von Scheich Ibrahim im Nacken haben.

10. Kapitel

Auf welcher Seite stehen Sie?

Es ist tagsüber so heiss, dass es nachts nicht mehr abkühlt. Ich lag auf meinem Bett auf dem Rücken, starrte an die Decke und war kaum fähig, einen klaren Gedanken zu fassen. Ganz allmählich kehrte jedoch Ruhe ein und ich fing an, die ganzen Geschehnisse zu rekapitulieren. »Wer war der Mörder?«, war meine zentrale Frage, um die sich alles drehte. War es Harry? Er hatte kein Alibi und hätte die Gelegenheit gehabt, ihn zu erschiessen. Er war offensichtlich mit Elisa im Club, aber wie lange? Der Mord ereignete sich etwa um 12.30 Uhr, also hätte er genug Zeit gehabt, um John Smith zu ermorden. Sein Motiv wäre, der alleinige Besitzer des Schmucks zu sein. Aber warum sollte er anschliessend das Zimmer durchwühlen? Höchstens, um eine falsche Spur zu legen. Dies schien mir beim Verdacht auf Harry am plausibelsten. Oder war es ein Beziehungsdelikt zwischen John und Harry? Das glaubte ich kaum, vor allem weil ich jetzt wusste, dass Harry mit Elisa liiert war. Eine weitere Möglichkeit wäre gewesen, wenn Francis und John gemeinsame Sache gemacht hätten und Harry wäre dahintergekommen. Oder ist es Elisa gewesen? Sie hätte ebenfalls die Möglichkeit gehabt, aber bei ihr fehlte das Motiv für diese Tat. Denn sie ist ja schon selber reich genug. Vielleicht war es der Hotelmanager, welcher den Koffer fand und von John überrascht wurde.

Nein, diese Argumentation ist zu abwegig, um wirklich standhalten zu können.

Oder hatte Elisa Harry für sich alleine haben wollen und musste John aus diesem Grund loswerden? Dies wäre auch möglich gewesen. Auch hätte Francis den Mord verüben können, um den Schmuck und das Geld für sich zu beanspruchen, denn wenn der Schmuck sich nicht im Hoteltresor befand, so musste er sich in einem der Zimmer befinden. Tatsache war, dass keiner von ihnen ein wasserdichtes Alibi hatte, aber jeder hatte die Möglichkeit, diese abscheuliche Tat auszuführen. Ich wurde aus meinen Gedanken gerissen, als es heftig an meiner Türe klopfte.

»Wieso schlagen Sie nicht gerade meine Türe ein?«, fragte ich ihn. Kommissar Yussuf stand auf dem Flur und bat um eine Unterredung mit mir.

»Bitte nehmen Sie Platz, Herr Kommissar«, und ich bot ihm einen Stuhl an.

Er schaute sich einige Zeit um, bevor er zu sprechen begann: »Darf ich Sie Herbert nennen?«

»Ja, sicher, aber nur, wenn ich Sie ›mein lieber Kommissar‹ nennen darf.«

»Ich wollte Sie fragen, ob Sie mir bei der Aufklärung des Falles helfen könnten? Es ärgert mich, dass ich bei dieser Sache keinen Schritt weitergekommen bin.«

Ich zögerte. »Ja, aber ich möchte wissen, was Sie bis jetzt in Erfahrung gebracht haben, sonst lege ich meine Karten nicht auf den Tisch.«

Hoffnungsvoll schaute mich der Kommissar an und begann mit seinen Ausführungen: »Was wissen wir? – Wir wissen, dass John Smith nicht John Smith hiess. Den richtigen Namen konnten wir bis jetzt nicht in Erfahrung bringen. Wir wissen, dass er ein Transvestit war und mit einer ›Smith and Wesson‹ Kaliber .38 (möglicherweise mit Schalldämpfer) erschossen wurde. Der Schuss traf John Smith direkt ins Herz und er war augenblicklich tot. Wir vermuten, dass Harry Jones irgendwie in die Sache verwickelt ist, welchen wir wegen anderer Delikte nun endlich verhaften konnten.«

»Und ich bitte Sie, ihn auch noch eine Weile zu behalten«, wand ich ein.

»Wir wissen, dass Sie, Herr von Willensdorf, mit einer gewissen Frau Elisa Mayer eine Beziehung haben, was für eine, wissen wir nicht.«

»Na, na, Herr Kommissar, Sie bewegen sich in die falsche Richtung, wenn Sie meinen, wir hätten eine Liebesbeziehung zueinander.«

Der Kommissar führte seine Überlegungen fort: »Sie werden mir sicher sagen können, Herbert, warum Sie bei ›Ibrahim' 60.000 Pfund als Kredit aufgenommen haben? Sie müssen wissen, wir sind informiert. Es wäre mir unangenehm, Sie als weiteren Verdächtigen aufzuführen.«

»Zur angemessenen Zeit werde ich Ihnen sagen, für was ich dieses Geld gebraucht habe.«

Die Auskunft war für ihn nicht befriedigend, aber im Moment gab er sich damit zufrieden. Die Unterhaltung entwickelte sich immer mehr zu einem Katz-und-Maus-Spiel und jeder hielt gewisse Informationen zurück, vorsichtig abtastend und nichts preisgebend.

»Was mir Sorgen macht, ist folgende Tatsache, dass es so leicht war, eine Smith and Wesson zu besorgen und vor allem ›hier‹, das schliesst eindeutig auf einen Profikiller als Täter. Übrigens hat die Interpol einen Bekannten von Ihnen namens ›Francis Gilera‹ verhaftet, als er die ungarische Grenze mit über 50.000 Pfund überqueren wollte.«

»Das ist mein Geld ...«

»So, Ihr Geld?«, meinte der Kommissar.

»Jetzt kommen wir der Sache schon näher«, warf der Polizist ein.

»Wann und wie kriege ich es zurück?«

»Wissen Sie, Herbert, dieses Geld geht durch so viele Hände, ›Bearbeitungsgebühren‹, hier ein korrupter Politiker, da ein korrupter Politiker, wenn Sie am Schluss noch etwas davon sehen, würde es mich wundern.«

»Jetzt, mein lieber Kommissar, müssen Sie mich entschuldigen, ich habe noch einiges zu erledigen.«

Ich hatte das Bedürfnis, allein zu sein. Der Kommissar verabschiedete sich und war sichtlich erleichtert, obwohl er kein Stück weitergekommen war. War ich im Begriff die Seiten zu wechseln oder lag mein Interesse an der Aufklärung des Falles?

Antworten auf diese Fragen wusste ich nicht. Aufgewühlt schlief ich einige Zeit später ein. Als ich am nächsten Morgen unter der Dusche stand und das Wasser an meinem Körper die wohltuende Frische verursachte, kamen mir diese Gedanken wieder ins Bewusstsein und es gab nur eine Möglichkeit, der Wahrheit etwas näher zu kommen, indem ich mit Harry Jones sprechen könnte. Ich zog meine khakifarbenen Pluderhosen und mein gelbes Poloshirt an und begab mich zu der Polizeistation. Als ich eintrat, war Yussufs Assistent gerade damit beschäftigt einen Kaffee zu kochen und dies auf einer uralten Kaffeemaschine, welche etwa aus dem gleichen Jahrhundert wie die Schreibmaschine stammte.

»Nehmen Sie auch einen?«

»Selbstverständlich gerne«, entgegnete ich schnell. »Ich bin zu Ihnen gekommen, um mit Harry Jones zu sprechen, oder haben Sie Einwände?«

Nachdem der Assistent kurz mit Yussuf telefoniert hatte, wurde mir dieser Wunsch bewilligt.

»Sie können mitkommen, aber nur 15 Minuten. Bitte halten Sie sich daran.«

Ich bejahte und folgte dem Assistenten. Es herrschte eine bedrückte Stimmung in Harrys Zelle, in welcher er auf einer Holzpritsche sass und langsam den Kopf hob, als ich eintrat.

»Haben Sie John Smith umgebracht?«

Harry schaute mich mit grossen Augen an und meinte nur kurz: »Nein. – Wo ist mein Schmuck?«, fragte er mich.

»Der ist bei mir in sicheren Händen. Wir haben nur 15 Minuten Zeit, also lassen Sie uns zur Sache kommen. Bitte erzählen Sie mir, was sich am Abend des Mordes zugetragen hat.«

»Ich hatte mich mit Elisa unten an der Uferstrasse getroffen, denn ich hatte bereits, als ich sie das erste Mal sah, ein Auge auf sie geworfen.«

»Ja, weiter, das weiss ich bereits schon.«

»Und dann? Wir sind zusammen zum Club geschlendert, haben uns dort vergnügt und ein paar Drinks zu uns genommen. Wir haben getanzt und uns auch geküsst. Sie fragte mich etwas später, ob ich zu ihr ins Hotel kommen wolle. Ich bejahte und blieb auch gleich da. Da ich aber bereits schon um 6 Uhr morgens aufwachte und nicht mehr einschlafen konnte, bin ich zurück zu meinem Hotel gegangen.«

»Gibt es irgendwelche Zeugen?«

»Höchstens den Portier, der müsste mich gesehen haben, als ich zurückkam.«

»Ich werde dies überprüfen«, fügte ich kurz hinzu. »Waren Sie sonst die ganze Zeit mit Elisa zusammen?«

»Ich weiss es nicht, da ich fest geschlafen habe.«

»War sie gut im Bett?« Diese Frage wollte ich eigentlich nicht stellen, aber sie rutschte mir einfach so heraus.

»Doch ja«, antwortete Harry knapp. »Am Morgen haben Sie mich ja gesehen, wie ich aus meinem Zimmer kam, als ich von diesem Geschrei wach geworden bin.«

»Erst mal müssen wir Sie aus diesem Knast herausbekommen, aber es wird schwierig sein, da Sie kein Alibi vorweisen können.«

Irgendwie tat mir Harry leid, und solange der Schmuckkoffer bei mir war, könnten sie Harry ohne weiteres entlassen. »Passen Sie auf meinen Koffer auf«, rief er mir noch hinterher, als ich die schwere Eisentüre hinter ihm schloss.

Yussuf war bereits in seinem Büro und fragte mich: »Haben Sie etwas aus ihm herausgekriegt?«

»Nein«, antwortete ich und verliess das Gebäude.

»Jetzt wollen wir uns diesen Harry mal richtig vornehmen!«, sagte Yussuf zu seinem Assistenten.

Nur einige Minuten vergingen, bis Harry auf dem Stuhl im Verhörzimmer Platz genommen hatte. Yussuf begann mit den Worten: »Hören Sie, Harry, wir können es uns leicht machen. Geben Sie es einfach zu, dass Sie John Smith umgebracht haben.«

»Nein«, antwortete Harry, »ich war es nicht.«

»Sie haben kein Alibi, aber ein Motiv. Sie haben es getan, weil Sie die Beute nicht teilen wollten.«

»Nein, ich habe es nicht getan, lassen Sie mich doch in Ruhe«, flehte Harry.

»Wir wissen, dass John ihr Komplize war. Sie haben mit diesem ...«, er suchte nach einem passenden Wort, »... Sie haben mit diesem ›perversen Transvestiten‹ gemeinsame Sache gemacht. Rücken Sie schon raus, Harry.«

»Nein, nein, ich wusste ja nicht einmal, dass John, wie Sie sagen, ein Transvestit war.«

»Sie verrennen sich in Widersprüche. Harry, nun sagen Sie uns doch schon, was Sie mit diesem John zu schaffen hatten?«

Schon etwas weinerlich sagte Harry: »O.K., wir haben Diebstähle gemeinsam verübt, aber mit diesem Mord habe ich nichts zu tun.«

»Das ist ja schon etwas«, sagte Yussuf mit etwas Stolz. »Wollen Sie sich nicht erleichtern und sagen uns auch noch, warum Sie diesen John umgebracht haben.«

»Nein, nein, ich war es nicht ... ich war es nicht.«

»Doch Sie waren es«, wurden Yussufs Beschuldigungen schon heftiger. »Geben Sie es endlich zu und Sie können wieder zurück in Ihre Zelle.«

»Bitte lassen Sie mich«, flehte Harry abermals.

»Rücken Sie endlich raus damit!«

Harry wollte noch etwas sagen, brach aber unter der Heftigkeit des Verhörs vollends zusammen.

»Bringen Sie ihn wieder in seine Zelle zurück«, sagte Yussuf in einem Ton von Hilflosigkeit. Harry ging zurück in seine Zelle und erhängte sich noch in derselben Nacht ...

Ich saß im Hotelgarten, welcher etwas improvisiert wirkte. Die Palmen dürsteten nach Wasser und die Korbstühle waren abgenutzt. Vor mir standen ein Guavedrink und ein überfüllter Aschenbecher mit schlecht ausgedrückten Kippen. An einem Nebentisch saßen noch zwei andere Leute, welche offensichtlich keine Gäste des Hotels waren. Einer davon war ein etwa 50-jähriger Mann, welcher, mehr oder weniger geheim, an seinem Joint zog. Er schaute zu mir herüber und wollte mir einen Zug anbieten. Dankend lehnte ich ab, denn meine Devise lautete: Am Morgen einen Joint gebaut, ist der Tag schon fast versaut. An dem anderen Tisch saß ein etwa 20-Jähriger, offensichtlich ein »Herrensöhnchen«. Alles deutete daraufhin, nur der Ferrari fehlte noch.

Schwach läutete mein Handy, welches ich in meiner Jackentasche hatte.

»Hier ist Yussuf«, meldete sich eine Stimme.

»Was gibt es Neues?«, fragte ich ihn, und nach einiger Zeit der Stille sagte Yussuf ganz ruhig: »Harry hat sich umgebracht. Ja, ich gebe es zu, ich habe ihn hart angefasst, aber wer konnte denn ahnen, dass seine Schuldgefühle ein derartiges Ausmaß annehmen würden. Wenn Sie mich fragen, Herbert, ist das ein eindeutiges Schuldeingeständnis.«

»Ich denke, da sind Sie im Irrtum. Auf jeden Fall werde ich meine Ermittlungen weiterführen«, meinte ich gedämpft und verabschiedete mich von ihm.

Harry tat mir leid. Sein Leben in einem Knast in Wadi Halfa zu beenden, das wünsche ich niemandem. Jetzt da Harry tot war, konnte ich mich auf eine weitere Verdächtige, Elisa, konzentrieren. Ich rief sie an, und als ich mit ihr sprach, merkte ich, dass sie schon wieder ein paar Drinks intus hatte.

»Ja, Schatz«, meldete sie sich.

»Wollen wir uns zusammen in meinem Hotelzimmer heute Abend ein paar Drinks genehmigen?«

»Ja, mein Süsser«, entgegnete sie, und wir verabredeten uns für 18 Uhr.

Das American-Express-Büro war modern und wirkte steril. Kein Ort, wo man sich gerne aufhielt. Doch ich wollte nur meine Post abholen, was ich in letzter Zeit vernachlässigt hatte.

»Haben Sie Post für von Willensdorf«, fragte ich am Schalter.

»Ja, zwei Briefe«, gab sie mir geschäftig zurück. Einer war von meiner 89-jährigen Mutter, welche gerade in einem Wellnesswochenende in Berchtesgaden weilte, und wenn es ihr zwischen Gurkenmasken und Schlammbädern langweilig wurde, schrieb sie mir ein paar wenige Zeilen. Der zweite Brief, auf den ich gewartet hatte, beinhaltete ein paar Zeilen und einen Scheck. Es stand geschrieben: Hatten Sie Erfolg? Wir erwarten Bericht.

Ich betrachtete den Scheck, auf dem feinsäuberlich 4.000 Pfund geschrieben stand. Das Telegramm, welches ich später aufgab, hatte den folgenden Text: Alles i.O. Stop. Werde Ihnen in zwei Wochen Bericht erstatten. Stop. Herbert von Willensdorf. Stop. Diese Informationen sollten den Leuten in London erst mal genügen und ich entfernte mich von diesem unpersönlichen Ort.

Ich spürte meine Kopfschmerzen wieder, als ich über die Häscher von Scheich Ibrahim nachdachte. Ich konnte es mir nicht erklären, warum mir dauernd das Stichwort »Winterurlaub« in den Sinn kam, anscheinend aufgrund der immer heisseren Tage und Nächte hier in Wadi Halfa.

Mein Blick wechselte zwischen Bootsanlegestelle und zwischen dem kleinen Hügel, welcher im gleissenden Licht erschien, hin und her.

Ich sass entspannt am Wasser des Nils und beobachtete die kleinen Wellen, die leicht und geschmeidig ans Ufer plätscherten. Einige Touristen sassen auf ihren Faluken und hielten sich teilweise etwas ängstlich fest. Nur das Kichern einiger Frauen war zu hören und sonst herrschte absolute Stille. Drüben am anderen Ufer begannen einige Frauen ihre Datteln auszubreiten, um sie in der Sonne zu trocknen. Frauen mit Wasserkrügen auf ihren Köpfen erinnerten mich sehr an meine Zeit in Indien, eine Idylle, welche man nur selten findet. Obwohl es unerträglich heiss war, getraute sich niemand im Nil zu baden, wenn er nicht tagelang seine Ferien auf der Toilette mit »Schistosomen« verbringen wollte. Wie aus dem Nichts kam mir mein letztes Gespräch mit Harry in den Sinn. Hätte man seinen Freitod nicht verhindern können? Obwohl ich mir keiner Schuld bewusst war, machte ich mir trotzdem Vorwürfe. Der Weg an der Uferstrasse entlang war eine richtige Promenade und nicht nur am Abend gesellten sich Touristen an diesen Ort. Ich wechselte die Strassenseite und bog in die »King-Farouk«-Strasse« ein. Ein undefinierbares Geräusch zog mich magisch an, und ehe ich es mir versah, stand ich in einem Hinterhof, an dessen Ende eine grosse Leinwand aufgespannt war. Der Film, welcher gerade abgespielt wurde, handelte von zwei Godzillas, welche sich ganz gehörig auf die Mütze gaben. Einer dieser japanischen »Dutzendfilme«. Die Musik war ohrenbetäubend, und vor allem Einheimische sassen auf ihren Klappstühlen und schrien und klatschten, wenn einer der Godzillas den anderen wieder so richtig erwischt hatte. Ich möchte behaupten, dass wir Europäer solchen billigen Darstellungen doch etwas kritischer gegenüberstehen. Ganz hinten sass eine Frau mit dunklen Haaren, welche ihr verspielt auf ihre braun gebrannten Schultern fielen. Ich ging zu ihr hin und fragte sie, ob ich mich neben sie setzen könnte.

Nein, meine lieben Leserinnen und Leser, es handelt sich dabei »nicht« um eine billige Anmache; das möchte ich entschieden von mir weissen.

Ich sagte zu ihr: »Sie heissen? Nein, lassen Sie mich raten. Sie heissen Swetlana.« Ich dachte dies aufgrund ihres slowenischen Aussehens.
»Nein, ich heisse Mara.«
So kamen wir miteinander ins Gespräch. Wir redeten etwa eine Stunde miteinander, während die lausig-hergestellten Godzillafiguren sich weiterhin bekämpften.
Ich beeilte mich, wieder rechtzeitig ins Hotel zurückzukommen. Elisa wartete schon unten bei der Rezeption und war dabei, in einer Zeitschrift zu lesen, wobei ihr Augenmerk den dürren Fotomodels galt.
»Komm, wir gehen auf mein Zimmer«, sagte ich zu ihr, und wir fuhren mit dem Fahrstuhl in den ersten Stock. Ich öffnete meine Zimmertüre und bat sie, in einem höflichen Ton, Platz zu nehmen.

»Hast du etwas Flüssiges ausser Wasser?«, war das Erste, was sie sagte.
Wortlos bewegte ich mich auf meinen Nachttisch zu und entnahm ihm eine halbe Flasche Wodka.
»Reicht das?«, fragte ich sie.
»Vorläufig, ja«, meinte sie und schenkte sich einen grossen Schluck ein.
»Wo warst du am Abend des Mordes?«, wollte ich von ihr wissen.
»Ich weiss es doch nicht mehr, aber was geht das dich an?«
»Ich will verdammt nochmal wissen, wer diesen John Smith umgelegt hat, begreifst du denn das nicht.«
»O.K., ich sage dir, wo ich diesen Abend war. Gib mir zuerst eine Zigarette, Schatz«, lenkte sie ein wenig ab. »Ich war mit Harry im Club.«
»Ja, das weiss ich.«
»Ich wollte, dass er mit mir in mein Hotel mitkommt, was er auch tat.«
»War er gut?«, warf ich ein, und ohne die Antwort abzuwarten, fragte ich weiter: »Und was geschah dann?«
»Und dann hat er mir einen dreifachen Orgasmus beschert«, witzelte sie.
»Bitte bleib ernst«, mahnte ich sie. »Wart ihr die ganze Nacht zusammen?«
»Ja, und erst als ich um 7 Uhr aufwachte, merkte ich, dass Harry verschwunden war. Ich habe anschliessend noch weitergeschlafen. Du bist doch nicht etwa sauer wegen Harry?«
»Nein, ich bin nicht sauer«, entgegnete ich. »Übrigens, Harry ist tot.«
»Oh nein, Harry. Über Tote sollte man nicht schlecht reden, aber er war ein miserabler Liebhaber und verlangte Dinge von mir, ach, du weisst schon.«
»Nein, ich weiss nicht.«
Man merkte, dass Elisa der Wodka bereits in den Kopf gestiegen war.
»Hat Harry dir etwas über einen Koffer erzählt?«
»Er erzählte mir, er besitze einen Koffer, in dem sich sehr wertvolle

Gegenstände befinden würden. Ich nahm dies aber nicht ernst, weil ich dachte, er wolle nur imponieren, um mich schneller ins Bett zu kriegen.«

»Wo sich dieser Koffer befand, hat er dir nicht gesagt?«, fragte ich sie.

»Nein, das hat er nicht gesagt.«

»Bitte, Elisa, gib mir eine deiner Zigaretten! Was rauchst du?«

»Kleopatra««, antwortete sie und gab mir eine.

Während ich überlegte, was Kleopatra mit diesem stinkenden Kraut gemeinsam haben könnte, sagte ich so ganz nebenbei: »Ja, der arme John.«

»Ja, ja, der arme Teufel«, meinte sie, »und dabei hatte er sich doch eben gerade seine Beine so schön rasiert«, fügte sie hinzu.

Nach einem kurzen Moment war der Groschen bei mir gefallen.

»Warum wusstest du, dass sich John die Beine rasierte?«

»Harry hatte es mir erzählt«, und sie nippte an ihrem Glas.

»Ich hole doch noch ein Päckchen von meinen eigenen Zigaretten. Bitte warte auf mich und betrinke dich nicht.«

Ich ging aus meinem Zimmer und rief sogleich meinen Lieblingskommissar an, welcher auch sogleich den Hörer abnahm, sodass ich ihn fragen konnte: »Mein lieber Kommissar, wusste Harry von Johns Travestie?«

»Ja, er hatte es während des Verhörs erfahren.«

»Gut, das war schon alles.« Ich verabschiedete mich von Yussuf und ging zurück in mein Zimmer. Als ich eintrat, sah ich Elisa am Fenster stehen. Sie blickte nach draussen auf die belebte Strasse. Als ich mich ihr näherte, schaute sie mich etwas verloren an.

»Du hast es herausgefunden.«

»Ja, Elisa, die rasierten Beine von John haben dich verraten. Dass John ein Transvestit war, wusste niemand, auch Harry hat es erst im Gefängnis erfahren. Also, wer ausser dir konnte das wissen?«

»Ja, ich hab ihn umgelegt, dieses perverse Schwein, und als er so leblos dalag, kam er mir noch jämmerlicher vor. Anschliessend habe ich in dem Zimmer nach dem Koffer gesucht, und als ich ihn nicht finden konnte, habe ich mich aus dem Staub gemacht. Ich habe es nur für dich getan, Herbert. Ich dachte, wenn ich dir den Koffer überreichen könnte, würdest du mich vielleicht lieben und wenn ich es dir vielleicht gestanden hätte, so hätten wir ein kleines Geheimnis miteinander gehabt.«

»Bist du denn von allen guten Geistern verlassen, Elisa? Nur deshalb musste dieses arme Schwein dran glauben.« Bedrückte Stille herrschte im Raum.

»Ich werde dich der Polizei ausliefern müssen!«, sagte ich anschliessend.

Ganz gefasst wirkte sie, als sie zu mir sagte: »Wie viel?«

Ich war perplex. »Meinst du etwa Geld?«

»Natürlich, was dachtest du denn? Sag mir deinen Preis, jeder ist käuflich.«

Mir kamen die 60.000 Pfund in den Sinn und ich murmelte fast wortlos: »Sechzigtausend.«

»Kein Problem«, sagte sie schnell und holte ihr Scheckbuch hervor und setzte den Betrag ein.

Ich nahm den Scheck in die Hand und betrachtete ihn eine geraume Zeit und zerriss ihn ganz langsam vor ihren Augen. »Damit wäre das geklärt«, sagte ich zu ihr.

Doch sie gab nicht auf, drehte sich zu mir hin und öffnete den obersten Knopf ihrer Bluse. Sie näherte sich mir ganz langsam, bis ihr Kopf fast den meinen berührte, und flüsterte: »Herbert, nimm mich.«

Etliche provozierende Stellungen liefen fast wie in einem Film vor meinen Augen ab. Langsam fing sie an meinem Ohrläppchen zu knabbern an und hauchte schon fast stöhnend »Herbert, besorgs mir« in mein Ohr. »Besorgs mir, Herbert! Jetzt gleich!«

Liebe Leserinnen und Leser, der Zeitpunkt ist gekommen, Ihnen mitteilen zu müssen, dass ich auch nur ein Mann bin und diesem Angebot fast vollständig ausgeliefert war.

Ich stiess sie weg, zart, aber bestimmt, und sagte: »Elisa, du wirst deiner gerechten Strafe nicht entgehen können.«

Und ehe ich mich versah, hatte sie ihre Smith and Wesson aus ihrer Handtasche gezogen und meinte zu mir: »Herbert, bist du schwul?«

»Wäre die Situation anders gewesen, so würde ich es dir anhand meiner Erfahrungen im ›Kamasutra‹ beweisen.«

Ich versuchte sie abzulenken, aber sie hatte immer noch die Waffe auf mich gerichtet.

»Keinen Schritt, sonst …«

»Ruhig«, sagte ich zu ihr. »Bei zwei Morden ist einer zu viel.«

Diesen Satz hatte ich letzthin in einem Comicheftchen gelesen, welches den Titel »Der Würger von Waldighoffen« trug. Nicht sehr originell, aber um sie abzulenken, war dieser Spruch allemal gut genug. Ich tat einen Schritt auf sie zu und mit einem Hechtsprung gelang es mir, ihr die Pistole zu entreissen. Während ich sie am Arm festhielt, wählte ich die Nummer von Yussuf.

»Hier ist von Willensdorf, kommen Sie schnell zu mir ins Hotel, ich habe hier etwas für Sie.«

Elisa und ich sassen ruhig und stumm im Zimmer und das Einzige, was sie zu mir sagte, war: »Herbert, küsse mich ein letztes Mal.«

Gleich darauf trat der Kommissar ins Zimmer.

»Nehmen Sie sie mit und hier ist übrigens die Tatwaffe.«

Kommissar Yussuf nahm ganz vorsichtig mit einem Taschentuch die Pistole an sich und wollte gerade mit Elisa den Raum verlassen, als sie sich zu mir umdrehte und sagte: »Und ich glaube doch, dass du schwul bist.«

Sie lächelte und wir beide wussten, dass sie es nicht ernst meinte. Jedenfalls schaute mich der Kommissar etwas verwundert an, als er mit ihr das Zimmer verliess.

»Ja, ich weiss, liebe Leserinnen und Leser, obwohl Elisa ihrer gerechten Strafe zugeführt werden musste, war es doch ein »tragisch-emotionaler« Moment. Ich bitte Sie aber nun, liebe Leserinnen und Leser, ihre Taschentücher beiseite zu legen und der Geschichte weiter zu folgen.«

11. Kapitel

Ein Leben für das Abenteuer

Morgens um 10 Uhr machte ich mich auf zur Polizeistation und ohne dorthin bestellt worden zu sein.

»Sie sind mir noch einer«, eröffnete Kommissar Yussuf das Gespräch und klopfte mir auf die Schulter. »Ich möchte mich bei Ihnen bedanken, denn ohne Sie hätte ich diesen Fall niemals lösen können. Hatte die Lösung des Falles mit den rasierten Beinen von John Smith zu tun?«

»Ja, auch«, antwortete ich. Ich hatte den Koffer mit den Diamanten fest im Griff. »Vor allem dieser Koffer spielte bei diesem Fall eine wichtige Rolle«, fügte ich hinzu. Ich öffnete den Deckel, langsam und behutsam.

Yussuf traute seinen Augen nicht. »Das sind ja Prachtstücke«, meinte er und überlegte sich eine passende Frage dazu.

Doch bevor er sie stellen konnte, gab ich ihm die Antwort: »Wegen dieses Schmuckes mussten zwei Menschen sterben, denn der Wert dieser Stücke ist unschätzbar. Harry Jones und John Smith haben ihn bei einer Auktion in London gestohlen und sind via Istanbul und Kairo nach Wadi Halfa gekommen, um ihn hier einem Zwischenhändler zu übergeben. Durch eine List und der 60.000 Pfund konnte ich den beiden den Koffer abjagen … Ich arbeite für eine Versicherungsgesellschaft (Lloyds) in London, welche mich beauftragte, den Schmuck wiederzubeschaffen. Elisa wollte das Zimmer von John nach dem Koffer durchsuchen und als sie von John überrascht wurde, hat sie ihn erschossen Harry war zwar ein Dieb, aber sonst nur eine tragische Figur in diesem Spiel. Und da ich die Aktion nicht alleine durchführen konnte, hatte ich Hilfe von … raten Sie mal?«

»Von diesem Francis?«

»Ja, genau von dem, welcher mit meinen 60.000 Pfund an der Grenze erwischt wurde. Es wird nicht einfach sein, meinen Auftraggeber den Verlust des Geldes zu gestehen.«

»Sie werden das schon schaffen, ein Mann mit Ihrem Format«, sagte Yussuf bewundernd.

»Danke des Lobes, aber ich habe keine Ruhe gehabt, bis wir diesen Fall lösen konnten.«

»Herbert«, sagte der Kommissar und richtete seine volle Aufmerksamkeit auf mich. »Wer sind Sie in Wirklichkeit?«

»Mein Name ist Herbert von Willensdorf und ich reise in der Welt umher, sozusagen ein Abenteurer, und wie es der Zufall so will, gerate ich oft an solche ungelöste Kriminalfälle heran, welche ich dann mit Hilfe eines fähigen Polizisten meistens auch lösen kann.«

Yussuf fühlte sich geschmeichelt und wir lachten beide herzhaft.

»Ich konnte Sie leider nicht einweihen, sonst hätte es meine Pläne gefährdet, das verstehen Sie doch, mein lieber Kommissar?«

Etwas beschämt gestand es der Kommissar.

»Meine Abenteuer sind auch in einem Buch nachzulesen«, aber ehe er mich nach dem Titel des Buches fragen konnte, war ich bereits aus der Türe verschwunden.

Nichts in diesem Hotel erinnerte daran, dass ein Mord geschehen war. Alles geriet schnell in Vergessenheit und das Zimmer, in welchem es geschah, war von der Polizei wieder freigegeben worden und es wohnten bereits wieder andere Leute drin. Als ich meine sieben Sachen zusammenpackte, schweiften meine Gedanken ab zu Elisa, welche so unglücklich verliebt war, und Harry, der so ein trauriges Ende gefunden hatte. Francis tat mir nicht leid, und ich hoffte, dass ich ihm eines Tages wieder mal begegnen würde. Mit all meinen Sachen fuhr ich runter in das Parterre und bezahlte meine Rechnung an der Rezeption. Ich wandte mich wortlos der Strasse zu und versuchte ein Taxi herbeizurufen. Wadi Halfa werde ich vermissen, dachte ich mir, denn die Stimmung und die Landschaften sind einmalig, eingebettet in eine

Orientalistik, welche an 1001 Nacht erinnert. Eine uralte Kiste auf vier Rädern hielt vor mir und ich sprang hinein. »Zum Flughafen«, sagte ich zum Fahrer, und er fuhr, als wäre es seine erste oder seine letzte Fahrt. Es war ein alter Peugeot, ausgestattet mit allerlei kitschigen Accessoires im Innenraum. Als wir die asphaltierte Strasse verliessen und auf eine Sandpiste wechselten, nachdem wir die letzten Lehnhäuser hinter uns gelassen hatten, holperte und schüttelte es, sodass ich mich festhalten musste. Der Fahrer sass ruhig und stumm an seinem Steuer und kaute diesen ekelerregenden Kautabak. Zwischendurch öffnete er sein Fenster und spuckte die braune Soße aus.

Die Fahrt dauerte unendlich und machte es mir daher möglich, mich Ihnen, liebe Leserinnen und Leser, offiziell vorzustellen. Ich war mit dem Mordfall derart beschäftigt, dass ich bis jetzt keine Zeit dafür einräumen konnte.

»Ich heiße, wie der aufmerksame Leser bereits feststellen konnte, ›Herbert von Willensdorf‹, auch ›Edgar Greene' und ›Stefan Kaplitzka‹. Diesen Namen habe ich mir zunutze gemacht, als ich den Mord an einer Bardame in Bukarest aufklären konnte. Meine Urgrossmutter war eine Gräfin ›von Willensdorf‹. Da aber ihre Nachfahren das Geld und den Grundbesitz in kurzer Zeit durchgebracht hatten, musste mein Vater später als einfacher Herrenfrisör sein Leben fristen. Mein Leben ist das Abenteuer, das Reisen in die entlegensten Länder, in denen ich, mit brillanter Logik und scharfem Verstand, scheinbar unlösbare Fälle zu lösen versuche. Und wenn Sie ehrlich sind, meine lieben Leserinnen und Leser, wollen Sie auch gar nicht wissen, mit welchem Geld ich meinen Lebensunterhalt bestreite. Einige von Ihnen, meine lieben Leserinnen und Leser, mögen lieber Krimis, wie zum Beispiel ›Die Leiche ohne Kopf' oder die ›Nacht des Grauens‹, als eine Geschichte zu lesen, in welcher ein Abenteurer von einer gutaussehenden Mörderin zum Beischlaf genötigt wird. Mein Spezialgebiet ist der ›saubere, schnörkellose Mord' …«

Die Fahrt mit dem Taxi, in dem ich mich immer noch befand, wurde immer unerträglicher und die Sonne schien unbarmherzig auf das Blech hinunter. Kein Flughafen war zu sehen.

Der Fahrer bog an einer Kreuzung links ab.

»Das ist nicht der Weg zum Flughafen«, sagte ich zu ihm, doch er fuhr unbeirrt weiter bis zu einer abgelegenen Steingrube.

Nachdem er angehalten hatte, befahl er mir auszusteigen. Um seiner Forderung Nachdruck zu verleihen, fuchtelte er mit einem Messer herum. Ich verhielt mich ruhig und meine einzige Angst galt meinem Schmuckkoffer, den ich in Händen hielt. Er schwang sein Messer hin und her und man merkte, dass er dies in einem amerikanischen Film, ich denke mal »West Side Story«, gesehen haben musste. Ich zog meine Brieftasche aus meiner Gesäßtasche und reichte sie ihm rüber. Schnell nahm er das Geld heraus, etwa 40 Pfund und ein paar Dollars, und warf sie neben mich in den Sand. Er rannte zu seinem Auto zurück und erst nach einer gewissen Zeit merkte er, dass ich den Schlüssel beim Aussteigen an mich genommen hatte. Als er wieder auf mich zukam, hielt ich den Schlüssel hoch und tat so, als würde ich ihn fortwerfen. Mit einem Sprung hechtete er hinterher und mir blieb genug Zeit, um seelenruhig einzusteigen und davonzufahren. Es waren nur noch wenige Kilometer bis zum Flughafen. Den Wagen stellte ich auf dem Parkplatz ab, liess den Schlüssel stecken und begab mich schnell ins Flughafengebäude.

12. Kapitel

Der Beginn einer wunderbaren Freundschaft

Kommissar Yussuf und sein Assistent, welcher ihm nicht von der Seite wich, warteten schon ungeduldig in der Abflughalle. »Wo bleiben Sie denn, Herbert? Ihr Flug geht schon in einer halben Stunde«, mahnte der Polizist. Ich hingegen schmunzelte und gab ihm ruhig zur Antwort: »Es gab unterwegs noch Komplikationen, sozusagen eine Demonstration eurer Gastfreundschaft.«

Ich erzählte ihm, was vorgefallen war und endete mit dem Satz: »Der Fahrer wird in etwa einer Stunde sein Fahrzeug abholen und ich bitte Sie, ihn nicht festzunehmen. Er handelte mit Sicherheit aus einer Notsituation heraus. Und das bisschen Geld, welches er mir abnam, kann ich verschmerzen.«

Am Schalter liess ich meinen Flug bestätigen und kehrte anschliessend zu den Wartenden zurück. »Ja, nun wird es Zeit.«

Der Kommissar unterbrach mich und wollte sagen: »Also, wenn Sie nicht gewesen wären ...«

Ich unterbrach ihn ebenso. »Nun hören Sie schon auf, Yussuf. Wo ein Willensdorf ist, ist auch ein Weg. Ich denke, mein lieber Kommissar, dies ist der Beginn einer wunderbaren Freundschaft.«

Und als der Assistent von Yussuf die Beifahrertüre des Autos öffnete, überlegte Yussuf immer noch, bei welcher Gelegenheit er diesen Satz schon einmal gehört hatte.

Die Kontrollen bei der Abfertigung waren derart lasch, dass mindestens jeder zweite eine Bombe oder etwas Ähnliches in das Flugzeug hätte schmuggeln können. Auch mein Schmuckkoffer wurde nicht kontrolliert, was mir einige Fragen ersparte. Während wir ins Flugzeug einstiegen, überkam mich wieder diese unerklärliche Wehmut.

Eine hübsche Flugbegleiterin, welche vorne im Flugzeug stand, erklärte uns die üblichen Notfallszenarien. Aber anstatt auf die Schwimmweste, schaute ich auf ihre schönen Beine.

Ich war sehr erschöpft und fiel in Sekundenschnelle in einen tiefen, wohligen Schlaf. Mein Traum handelte von der Flugbegleiterin, welche vorne stehend, nur mit einem Bikini bekleidet war und folgende Anweisungen gab: »Die Passagiere mit den Bomben und Handgranaten bitte ich auf der rechten Seite Platz zu nehmen, dann haben wir alle beieinander, schon wegen der Gewichtsverteilung, das werden Sie sicher verstehen.« Kurz darauf bekamen sich die Terroristen in die Haare, weil jeder als Erster seine Bombe zünden wollte, um als Märtyrer in die Geschichte einzugehen. Da sie sich aber nicht einigen konnten, blieb es still. Wir durchbrachen eine Wolkenwand, welche aus rosaroter Watte bestand. Mein Traum ging wie folgt weiter: Ich fuhr auf der »Titanic« und wir durchkreuzten den Atlantik, dem verheissungsvollen New York entgegen. Die Leute amüsierten sich und waren guter Dinge. Der Späher auf dem Ausguck schaute in die klare Nacht hinaus und erblickte vor sich einen gigantischen Eisberg. Er nahm das Sprachrohr in die Hand und wollte gerade »Eisberg voraus« rufen, doch er bekam keinen Ton heraus. Und so fuhren wir in voller Fahrt geradeaus in den Eisberg hinein. Ich ging seelenruhig zu Kapitän Smith auf die Brücke und sagte zu ihm: »Da haben wir aber nochmal Schwein gehabt.«

Ich erwachte abrupt, denn wir flogen direkt in eine Gewitterfront hinein. Es rüttelte und schüttelte und manch einer musste sein Tütchen eiligst zur Hand nehmen. Einige schrien und bekreuzigten sich, obwohl der Flugkapitän immer wieder versuchte, die Leute zu beruhigen.

Als das Flugzeug wieder sanft durch die Kumuluswolken schwebte, hatten sich die Gemüter wieder beruhigt. Wir flogen schon bereits über das Festland und näherten uns London. Das Flughafengebäude war, zu demjenigen in Wadi Halfa, gigantisch. Es gab mir wieder eine gewisse Sicherheit, in London zu sein. In einem zweistöckigen Bus fuhr ich durch diese Millionenmetropole, vorbei am Picadilly Circus, und wir fuhren auch an der Strasse vorbei, an welcher »Jack the Ripper« sein Unwesen trieb.

Ein Stück legte ich zu Fuss zurück, bis ich nach einer halben Stunde vor dem riesigen Gebäude der »Lloyds Versicherung« stand. Der Schalter beim Empfang gigantisch und grössenwahnsinnig. Eine Empfangsdame begutachtete mich eine Weile und fragte mich: »Zu wem möchten Sie bitte?«

»Mein Name ist von Willensdorf und ich werde erwartet.«

Mit ungläubigen Augen schaute sie mich an und dann wieder in den Computer und meinte dann: »Bei Mister O'Leary, 12. Stock, Zimmer 379.«

Ich bewegte mich auf einen der vier Fahrstühle zu und fuhr in den 12. Stock. Ein Zimmer reihte sich an das nächste und ich hatte die grössten Probleme damit, die richtige Türe zu finden. Ich klopfte und ein lautes und bestimmtes »Herein« kam zur Antwort.

»Hallo, Willensdorf«, sagte der Mann zu mir.

»Von Willensdorf', wenn ich bitten dürfte«, war meine ständige Antwort.

»Sie sind ja ein Teufelskerl«, fuhr er fort.

»Leider mussten zwei Menschen ihr Leben dabei lassen, bevor ich mit ›Raffinesse und Geschick' den Fall lösen konnte.«

Den Koffer, welchen ich bei mir trug, streckte ich ihm entgegen.

»Gott sei Dank«, sagte er und fügte hinzu: »Dieser Schmuck war auf 1,5 Millionen Pfund versichert und Sie haben sich Ihren Bonus reichlich verdient.«

»Ja, aber leider sind die 60.000 Pfund, welche ich von Ibrahim geliehen habe, futsch.«

»Da brauchen Sie sich keine Sorgen zu machen, wir haben uns mit Ibrahim geeinigt, denn wir haben unsere Leute überall. Hier ist Ihr Scheck, Sie können ihn gleich unten an der Kasse einlösen, wenn Sie wollen.«

Der Scheck über 25.000 Pfund kam gerade richtig, da ich zurzeit etwas knapp bei Kasse war.

»Wir hoffen, dass wir bei einer anderen Gelegenheit wieder auf Sie zählen können.«

Ich fuhr hinunter zur Kasse und liess mir den Scheck ausbezahlen.

Ein dicker Nebel lag über »Soho« und bei einer solchen Stimmung ist »Edgar Wallace« auch nicht weit. Die Themse floss ruhig und zäh dahin, als ich von der Westminster Bridge hinuntersah, welche ich gerade überquerte. Es tat gut, zu Fuss unterwegs zu sein. Die Abendluft war feucht und die Häuser waren nur noch in Silhouetten zu sehen. Ich stellte mich an den Strassenrand und winkte ein typisch englisches Taxi herbei. Ich wies den Fahrer an, mich in das Hotel »Bristol« zu fahren, welches in einem anderen Stadtteil lag.

»Neblig heute«, sagte der Fahrer zu mir.

»Ja, aber es war schon nebliger«, meinte ich zurück.

Er erzählte so allerlei über seine Fahrten, wie er vergnügte Leute von Partys zu Partys chauffieren und er mit seiner Einsamkeit alleine bleiben würde. Erst nach mehrmaligem Auffordern, nicht zu sprechen, weil ich meine Ruhe haben wollte, schwieg er und wir fuhren beinahe lautlos durch die Nacht. Als ich hinüber zu der anderen Strassenseite blickte, sah ich, wie ein Mann aus einem Hauseingang hinausstürmte und eine Segeltuchtasche unter seinem Arm klemmte. Er trug eine schwarze Mütze, welche er halbwegs über sein Gesicht gezogen hatte, und war eben dabei, sie auszuziehen, als er die Strasse hinunterrannte, als verfolge ihn jemand. Sein Gesicht war gut zu erkennen, was zu einem späteren Zeitpunkt von Wichtigkeit sein könnte. Ich wies den Fahrer an, augenblicklich anzuhalten, stieg aus und ging hinüber zu dem Hauseingang, aus dem der Flüchtige kam. Am Haus war ein Schild mit der Aufschrift »Pferderennen, Wettbüro« angebracht. Als ich näher kam, hörte ich von innen herkommend lautes Geschrei von einigen aufgebrachten Leuten. Was denn geschehen sei, fragte ich einen Mann, der ziemlich aufgelöst die Treppe zu mir herunterrannte.

»Wir sind überfallen worden. Das Geld, ein Mann …«, und er rannte weiter, mit der Absicht, den Flüchtigen noch einholen zu können. Ich stieg die Treppe hoch und sah in einem Zimmer eine Art Büro und an die fünf Leute, welche wild durcheinander sprachen. Bei genauerem Zuhören bekam ich mit, dass der Täter die ganzen Tageseinnahmen erbeutet hatte. Sie sprachen von 35.000 Pfund.

Urplötzlich kam einer dieser Männer auf mich zu und fragte mich: »Wer sind Sie?«

»Mein Name ist von Willensdorf und ich fuhr eben mit dem Taxi vorbei, als ich einen Mann aus dem Hause rennen sah. Ich habe sein Gesicht deutlich erkannt.«

»Wir müssen die Polizei benachrichtigen«, meinte einer, welcher der Kassierer hätte sein können, weil er einer dieser typischen Käppchen trug, welche bei den Kassierern so beliebt waren. Er stand wie angewurzelt hinter seinem Schalter, und erst als er sich etwas gefangen hatte, rief er »Scotland Yard« an. 15 Minuten später stürmte Inspektor Conelly mit seinen Männern die Treppe hoch.

»Nichts anfassen«, ermahnte er die Anwesenden, obwohl sich die Suche nach Beweisen, mittels Fingerabdrücken, als unmöglich erweisen würde.

Inspektor Conelly wusste das, aber seine Routine, mit der er an eine solche Sache heranging, war unbeschreiblich. Als er alles ins Auge gefasst hatte, wandte er sich mir zu und fragte mich: »Und wer sind Sie?«

»Von Willensdorf, Herbert von Willensdorf«, gab ich zurück.

»Sind Sie nicht dieser von Willensdorf, der einige Kriminalfälle mit viel Glück gelöst hatte? Doch, ich erinnere mich an jene Geschichte, als Sie eine japanische Geisha als Serienmörderin entlarvten.«

»Mit viel Glück, versteht sich«, fügte ich hinzu, »und ohne die Mithilfe eines Inspektors namens ›Jang‹ hätte ich diesen Fall nie lösen können.«

»Na gut, wenn Sie jetzt schon mal hier sind, können Sie sich von den Ereignissen ein Bild machen.«

Geduldig lauschten wir den Ausführungen des Kassierers, ohne ihn zu unterbrechen.

»Sie haben den Täter wohl nicht erkannt?«, fragte der Inspektor.

»Nein, Herr Inspektor, er hatte eine Mütze übergezogen. Er war etwa 1,80 m gross und sprach einen Ostblock-Dialekt, als er das Geld verlangte.«

»Ist sonst noch jemand zu Schaden gekommen?«, fragte Conelly weiter.

»Nein«, antwortete der Kassierer.

»Ich würde sagen ›Anzeige gegen unbekannt‹«, stellte Conelly fest.

»Haben Sie noch irgendwelche Fragen?«, richtete sich Conelly an mich.

»Wer wusste, wie viel Geld hier zu holen war?«

»Nur der Buchhalter und natürlich der Geldbote, welcher jeden Abend um die gleiche Zeit die Tageseinnahmen abholt.«

»Sind Sie sicher, dass der Geldbote heute nicht etwas früher kam?«

»Nein, nein, der Geldbote ist ein kleiner untersetzter Typ. Unmöglich«, wiederholte er sich.

»Und der Buchhalter?«

»Der war ja die ganze Zeit hier.«

Inspektor Conelly schaute mich an und ärgerte sich, dass ihm diese Fragen nicht selbst in den Sinn gekommen waren.

Sergeant Stone notierte sich noch alle Namen der Anwesenden.

»Ich hätte da noch eine Frage«, richtete ich mich an den Kassierer. »Könnten Sie mir die Firma nennen, in welcher der Geldbote beschäftigt ist?«

Der Kassierer schrieb mir die Adresse auf ein Stück Papier, welches er von einem Notizblock abgerissen hatte.

»Im Moment haben wir nichts mehr zu tun«, sagte Conelly. »Ich bitte Sie, sich für eventuelle Fragen weiter zur Verfügung zu stellen.«

Seine Leute hatten vergebens nach brauchbaren Fingerabdrücken gesucht und packten ihre Utensilien wieder zusammen.

»Liebe Leserinnen und Leser, Sie werden verstehen, dass ein von Willensdorf diese Angelegenheit nicht ad acta legen kann und der ganze Sache auf den Grund gehen muss.«

Als ich im Hotel Bristol eincheckte, war es bereits Mitternacht. Ich legte mich auf das neumodische Bett und schlief nach wenigen Augenblicken ein.

Erst morgens, als ich aufwachte, bemerkte ich, dass das Bett sowie die Bettdecke in Anthrazitfarben waren und sehr bedrückend wirkten. Das Zimmer war modern und nur mit dem Nötigsten eingerichtet und bot nichts Einladendes, um sich länger darin aufzuhalten. Die Adresse, welche mir von dem Wettbürobesitzer gegeben wurde, lag mitten in London und ich beschloss mit einem öffentlichen Verkehrsmittel dorthin zu fahren. Der Nebel hatte sich vollends verzogen und die Sonne schien durch die Wolken hindurch, während ein laues Sommerlüftchen zu spüren war. Die Firma befand sich in einem alten Haus, dessen Rundbogen fast »gotisch« wirkten. Ein kleines Schild mit der Aufschrift »Security and Investigation« war fast unauffällig an der Fassade angebracht. Als ich im Innern an den Empfangsschalter kam, war um mich herum ein reges Treiben. Männer in Uniformen, teilweise mit Hunden, gingen ein und aus und gaben ihre Protokolle, welche sie ausgefüllt hatten, am Schalter ab. Detektive, welche man auch als solche erkennen konnte, hielten sich in der Halle und am Kaffeeautomaten auf.

Ziemlich gehetzt fragte mich die Dame am Schalter: »Was wollen Sie? Suchen Sie eine Anstellung?«

»Arbeitet bei Ihnen ein Mann namens Miller?«

»Wir haben vier Angestellte dieses Namens.«

»Albert Miller«, sagte ich knapp.

Die Dame sprach in ein kleines Mikrophon.

»Herr Albert Miller, bitte zum Empfang.«

Ein kleiner Mann kam die Treppe herunter und fragte am Empfang: »Wer wünscht mich zu sprechen?«

»Dieser Herr hat soeben nach Ihnen verlangt.«

»Wer sind Sie?«

»Mein Name ist von Willensdorf und falls Sie etwas Zeit für mich hätten, würde ich Ihnen gerne ein paar Fragen stellen.«

»Das kommt mir sehr ungelegen«, antwortete er, »ich habe Termine.«
Meinen erwartungsvollen Blick nahm er aber zum Anlass, sich mit mir abends um 7 Uhr bei sich zuhause zu treffen. Er gab mir seine Adresse, bevor er sich von mir verabschiedete.
»Worum geht es?«, fragte er noch schnell.
»Es geht um den Überfall«, und ehe ich ganz ausgesprochen hatte, war er bereits wieder verschwunden.
In der Churchill Street war reges Treiben, als ich in jene einbog, um in einem der zahlreichen Restaurants einen kleinen Happen zu mir zu nehmen. Ich entschied mich für ein chinesisches Restaurant. Es war ganz hübsch eingerichtet und der flinke Kellner erinnerte mich an Bruce Lee. Die knusprig gebratene Ente mit den Sojasprossen schmeckte vorzüglich. Das asiatische Flair erinnerte mich an meine Zeit in Hongkong, als es noch vollends unter englischer Verwaltung war.
Die schönen Landschaften in »Danxia«, mit ihren wunderschönen Felslandschaften, steilen Klippen und Wasserfällen. Orte, um sich zurückzuziehen, um zu meditieren. Tagelang war ich auf diesen unausgetretenen Pfaden unterwegs gewesen und kehrte in buddhistische Klöster ein, welche teilweise nur über versteckte Gebirgspfade erreichbar waren.
»Eine Stille, enthaltsame Suche nach sich selbst.«
Ganz bewusst ging ich in ein chinesisches Restaurant, schon wegen der guten Küche.
Die englische Küche ist (diplomatisch ausgedrückt) miserabel. Wer »Fish and Chips« mag, findet sicher ein paar gute Adressen. Aber »Essen à la carte« würde ich nicht empfehlen. Pfefferminzspeisen und Plumcakes findet man in den wenigen Kochbüchern und »Jamie Oliver« wurde eher durch seine peinlichen Auftritte (Nackt kochen mit Jamie Oliver) bekannt. Es steht mir allerdings fern, ihn zu diskreditieren.
Im Restaurant war ein Transparent mit der Aufschrift »Brubecker was here« aufgehängt, möglicherweise ein Jazzmusiker aus den dreißiger

Jahren. Nach knapp einer Stunde war ich wieder draussen und mitten im Getümmel der belebten Strasse.

Die Adresse von Albert Miller fand ich mitten in einer Einfamilienhaussiedlung. Ein Dutzendhaus mit einer roten Backsteinfassade. Auch nach mehrmaligem Klingeln war keine Antwort zu vernehmen. Erst als ich die Türklinke herunterdrückte, merkte ich, dass die Türe offen war.

»Hallo«, rief ich ins Innere und trat einen Schritt hinein. An den Wänden waren moderne Bilder der »Popkultur« aufgehängt und an der Wand standen etwa zehn Paar Turnschuhe ordentlich hingestellt. Ich wiederholte mein Rufen, aber nichts regte sich und so entschloss ich mich weiterzugehen. Genau gegenüber befand sich ein Wohnzimmer, in dem dunkle, grosse Möbel standen, wie eine billige Imitation aus Mahagoniholz gefertigt. Und ein Clubtischchen war passend zu den Möbeln gehalten. Dagegen war die Polstergruppe das Prunkstück der ganzen Einrichtung in weissem Leder. Rechts befand sich anscheinend das Schlafzimmer, dessen Türe nur angelehnt war. Langsam öffnete ich diesen einen Spalt und blickte direkt auf den leblosen Körper von Albert Miller, welcher etwas gekrümmt auf dem Teppich lag. Auf den ersten Blick vermutete ich, dass er mittels eines Drahtes oder Ähnlichem erwürgt worden war. Ohne Fingerabdrücke zu hinterlassen, zog ich die Türe wieder etwas zu und telefonierte im schwachen Licht des Flurs mit der Polizei.

»Ich wünsche Inspektor Conelly zu sprechen.«

»Einen Moment«, tönte es am anderen Ende und nach wenigen Sekunden meldete sich Conelly.

»Hier spricht von Willensdorf. Bitte kommen Sie in die London Street 224, es ist ein Mord geschehen.«

20 Minuten dauerte es, bis Conelly zur Türe hereinkam und mich bei der Treppe stehend sah.

»Man hat den Geldboten, welcher im Wettbüro regelmässig das Geld abholte, ermordet«, berichtete ich ihm.

»Und Sie, von Willensdorf, sind natürlich wieder genau da, wo ein Mord passiert.«

Ich führte ihn ins Schlafzimmer, in dem der Tote lag. Ein Gerichtsmediziner, den nur alle »Abdou« nannten, weil niemand seinen richtigen Namen aussprechen konnte, war auch vor Ort.

13. Kapitel

Ein sauberer unkomplizierter Mord

Was meinen Sie, Abdou?«, fragte ihn Conelly, nachdem sich dieser einige Zeit lang mit dem Toten beschäftigt hatte.

»Er ist seit etwa zwei Stunden tot, denn die Leichenstarre hat erst angefangen einzusetzen. Er wurde, wie ich vermutete, mit einem Draht erwürgt. Kampfspuren, aufgrund fehlender Hämatome, waren nicht feststellbar. Einen abschliessenden Bericht werde ich erst nach der Obduktion geben können«, sagte Abdou und liess die Leiche abtransportieren. Etliche schaulustige Nachbarn säumten den Weg zu Millers Haus.

»Warum waren Sie hier?«, wandte sich Conelly an mich.

»Ich wollte ihm nur im Zusammenhang mit dem Raubüberfall ein paar Fragen stellen. Ja, gewiss, es wäre Ihre Sache gewesen, aber ich helfe doch gerne, wenn es vonnöten ist.«

»Wie Sie meinen, Sie ›Hobby Poirot‹«, sagte Conelly.

Mit einer Handbewegung verabschiedete ich mich von Inspektor Conelly und bewegte mich schnellen Schrittes bis zur Hauptstrasse. Ein Modegeschäft reihte sich an das andere, und ich dachte mir, wenn ich beim letzten Geschäft angekommen bin, werden sie beim ersten schon wieder die neue Mode präsentieren. So schnell geht das, in unserer kurzlebigen Zeit, obwohl es, in Bezug zu Miller, nicht bildlich gesprochen war. Der Abend war angenehm warm und so setzte ich mich in ein Strassencafé und trank einen »schlecht« schmeckenden Kaffee. London gefällt mir, aber wenn ich diese Stadt mit Rom vergleiche, stehen Welten dazwischen.

»Liebe Leserinnen und Leser meiner spannenden Kriminalgeschichten, wie würden Sie mir raten weiter vorzugehen, um möglichst noch vor Inspektor Conelly den Fall lösen zu können? Sie meinen, liebe Leserinnen und Leser, welche eine gewisse Erfahrung im Lösen von Kriminalfällen mitbringen, wohl, dass es das Beste wäre, die Auftraggeber von Miller unter die Lupe zu nehmen. Darauf hätte ich auch selbst kommen können.«

Ich beobachtete das Securitybüro von meinem gemieteten Mini Cooper aus. Die entscheidende Frage drängte sich auf, ob dieser Miller entweder alleine oder zu zweit unterwegs war. Die Suche nach einem Motiv würde sich als schwierig erweisen und so musste ich das ganze Umfeld von Miller durchleuchten. Die Wahrscheinlichkeit eines Komplizen war sehr gross. Ich ging in das Gebäude hinein und erklärte der Sekretärin, ich müsse im Auftrag des Inspektors im Büro von Miller nach Beweisen suchen.

Meine Überzeugungskraft trug Früchte und so begleitete mich eine Mitarbeiterin in das Büro des Ermordeten. »Es war schon jemand hier«, berichtete mir die Mitarbeiterin. Sicher jemand von der Polizei, dachte ich mir und öffnete die Türe zu seinem Büro. Der Raum war spärlich eingerichtet und ausser einem Schreibtisch, einem Stuhl und einem kleinen Aktenschrank befand sich nichts im Zimmer. Ausser einem Posterabdruck von Miro waren auch die Wände kahl. Ein Laptop und unsauber gestapelte Papiere lagen auf dem Tisch. Zuerst untersuchte ich den Inhalt der Schubladen, welche überfüllt mit irgendwelchem Schreibkram waren.

Einen Stapel Papiere nahm ich vorsichtig heraus und ging sie einzeln durch. Nach einer geraumen Zeit war ich auf einen Brief gestossen, welchen ich mir genauer anschaute. Diesen Brief mussten die Polizisten übersehen haben. Das Logo, welches aufgedruckt war, lautete »Indian Transport Cooperation«.

Der Inhalt des Briefes lautete wie folgt: Sehr geehrter Herr Miller, Ihre Lieferung mit der Nr. P 27496 (indianische Skulpturen) wurde von der Zollbehörde beschlagnahmt. Wir bitten Sie, sich mit uns umgehend in Verbindung zu setzen. Mit freundlichen Grüssen. Indian Transport Cooperation, Nicaragua.

Wie konnte die Polizei nur diesen wichtigen Brief übersehen? Waren es etwa gestohlene Kulturgüter oder war Miller etwa in eine Drogengeschichte verwickelt? Alles rein hypothetische Fragen. Auf jeden Fall bin ich einem möglichen Motiv etwas näher gekommen. Angenommen, es bestünde ein Zusammenhang mit dem Überfall auf das Wettbüro, dann müsste unweigerlich eine weitere Person involviert gewesen sein. Einige dieser Fragen beschäftigten mich immer noch, als ich das Büro von Miller verliess.

Der Smog auf der Strasse war unerträglich und die Autos stauten sich. Lastwagen, welche sich keinen Meter mehr vorwärts bewegten, blockierten die Durchfahrt. Ein Szenario, welches sich in allen Grossstädten abspielt, in denen die Industrialisierung Einzug gehalten hatte. Die beiden, der Buchhalter (Edi Kellermann) und der Kassierer (Mike Plummer), bildeten die Schlüsselfiguren. Ich zog in Erwägung, beide zu observieren. Mit viel Zeit und Geduld würde es mir gelingen, die beiden zu beschatten.

Mike Plummer war ein unscheinbarer Typ mit einer Hornbrille und wirkte mit seinem Auftreten wie ein »Vorzeigefamilienvater«, mit Einfamilienhaus und einem Auto vor seiner Garage und einem prächtigen Garten, welcher jeden Samstagnachmittag gepflegt und nachgeschnitten wurde. Plummer hatte zwei Kinder und eine ansehnliche Frau, die in einem Bridgeclub war und zuhause gerne Berichte über Königsfamilien las und dazu Pfefferminzlikör trank. Mike Plummer wusch seinen Wagen jeden Samstagmorgen, beschäftigte sich gerne mit Kreuzworträtseln und schaute sich gerne mal einen pornografischen Film an. Die beiden Kinder besuchten die Schule, in der restlichen Zeit wusste niemand, wo sie sich herumtrieben.

Edi Kellermann war ein junger aufstrebender Mann mit Ambitionen zu Höherem, lebte in einer Zwei-Zimmer-Wohnung, eine Art Loft, und stand jeden Morgen etwas früher auf, um sich sein »original Schweizer Birchermüsli« zuzubereiten. Er rauchte nur mässig und trank höchstens an Silvester ein Gläschen Rotwein, aber auch nur um anzustossen, wenn er mit seiner Freundin auf der Terrasse stand, um das grosse Feuerwerk zu bestaunen. Meistens dauerte seine Beziehung zu Frauen nicht länger als ein bis zwei Nächte und er kam nie dahinter, ob es an den Frauen lag. Als Buchhalter verdiente er gut, um sich ein einigermassen sorgenfreies Leben leisten zu können. Einige Male, als ich ihn beobachtete, war er in jenes Haus gegangen, in welchem die verbotenen Glücksspiele stattfanden. Als ich mich eines Abends in diesem Etablissement nach ihm erkundigte, hiess es, dass er Stammgast sei. Allerdings gab es für mich keinen Grund, irgendwelche Schlussfolgerungen zu ziehen. Mike Plummer fuhr mit seinem Prunkstück, einem »Bonville«, immer direkt nach Hause, bis auf einmal, als er einen grossen Umweg machte und in einem Geschäft, welches sich in einer Seitenstrasse befand, eine Besorgung tat, in Form eines grossen Paketes.

Er lud dieses in seinen Wagen.

Weil ich ihn nicht aus den Augen verlieren wollte, war es ein Ding der Unmöglichkeit, zu erfahren, was sich in diesem Paket befand. Eines Abends, als Kellermann Feierabend machte und die Türe seines Büros hinter sich schloss, führte sein Weg nicht wie gewohnt zu sich nach Hause. Er wählte einen Umweg, welcher ihn in einen sehr abgelegenen Stadtteil führte. Ein Vorort, in denen sich Mittelklasse-Familien angesiedelt hatten. Vor einer stillgelegten Fabrik hielt er seinen Wagen an und verschwand im Innern des Gebäudes. Ich folgte ihm unauffällig und konnte (hinter einem Bretterverschlag versteckt) beobachten, wie er sich mit einem Mann (welchen ich aber nicht sehen konnte) unterhielt.

Kellermann sprach zu ihm: »Musste denn das sein mit Miller?«
Der andere Mann antwortete: »Er ist zu gierig geworden!«
»Hast du ihn?«, fragte Kellermann weiter.
»Nein«, antwortete der Mann.

»Er wird den Schlüssel irgendwo versteckt haben.«

»O.K. Kellermann, ich werde es versuchen«, und er schlich fast unbemerkt davon.

Kellermann wählte den Ausgang zur Strasse hin, und als er an mir vorüberschlich, war ich mir nicht sicher, ob er mich bemerkt hatte. Jedenfalls stieg er wieder in seinen Wagen und fuhr Richtung Stadt davon.

Millers Haus lag im Dunkeln, nur schwach von einer Strassenlaterne beleuchtet. Nachts wirkte dieses Haus noch düsterer und der ungepflegte Vorgarten tat seines dazu. Unbemerkt durchschnitt ich das Sicherheitsband der Polizei und verschaffte mir, mittels eines Dietrichs, Zugang zu diesem Gebäude. Nur im Schein der Taschenlampe begab ich mich in sämtliche Räume, um den Schlüssel, von dem die Rede war, zu finden. An den ungewöhnlichsten Orten suchte ich, doch er war nicht zu finden. Doch zu guter Letzt, als ich den Deckel der Toilettenspülung öffnete, sah ich, wie ein kleiner Schlüssel am Innern des Kastens mit Klebeband befestigt war. Ich riss ihn ab, und nur mit einer blitzartigen Reaktion konnte ich verhindern, dass er in die Toilette fiel. Als ich den Schlüssel im Schein meiner Taschenlampe näher betrachtete, stellte ich fest, dass es sich um einen Schliessfach-Schlüssel handelte. Zu einem späteren Zeitpunkt würde ich ihn näher untersuchen können. Im selben Moment, als ich aus dem Badezimmer kam, hörte ich, wie die Eingangstüre aufgestossen wurde. Ich verhielt mich ruhig und löschte das Licht der Lampe. Ich stand bewegungslos da und beobachtete durch den Türspalt meinen Lieblingsinspektor, der gerade dabei war, den Lichtschalter zu betätigen. Im nächsten Moment trat ich aus dem Badezimmer und sah gerade noch, wie der Inspektor seine Waffe zog, um sie einen Moment später wieder zu senken.

»Was machen Sie denn hier auf der Toilette? Sagen Sie nicht, Sie mussten mal für kleine Jungs?«

Ich tat einen Schritt auf den Inspektor zu und sagte in meiner gewohnt legeren Art: »Auch ein von Willensdorf muss mal.«

»Nein, im Ernst, Sie haben die Polizeiversiegelung weggerissen und sich verbotenerweise Zutritt verschafft. Ich müsste Sie anzeigen, Sie Meisterdetektiv. Übrigens sind wir diesem Kellermann auf den Fersen, denn er ist nicht ganz sauber.«

»Genau, das denke ich auch, mein lieber Inspektor.«

Conelly ärgerte sich immer, wenn ich ihn als »mein lieber Inspektor« bezeichnete.

»Ich habe nach Beweisen gesucht, Beweise an einer Mittäterschaft in dem Wettbüro.«

»Und, haben Sie etwas gefunden?«

»Nein, aber ich denke, dass noch viel mehr dahintersteckt, als wir vermuten. Der Überfall war nur ein Teil dieses Puzzles.«

»Nun legen Sie doch endlich Ihre Karten auf den Tisch«, erzürnte sich Conelly.

»O.K., könnten Sie mir eine Verfügung erwirken, um herauszufinden, warum an der Grenze ›indianische Skulpturen‹ beschlagnahmt wurden, welche dieser Miller in Nicaragua bestellt hatte?«

Conelly war baff und meinte: »Wo stecken denn Sie wieder Ihre Nase hinein, Herbert!«

»Bitte geben Sie mir noch ein paar Tage Zeit und ich werde Sie mit der Lösung dieses Falles konfrontieren.«

Anschliessend verliessen wir wortlos Millers Haus.

Conelly sass alleine in seinem Büro und drückte etwas unbeholfen die Tasten seines neuen Computers. Endlich hatte er Zeit, sich um administrative Arbeiten zu kümmern. Seine Gedanken schweiften ab und meistens waren sie bei seiner Frau, die zurzeit auf Mallorca weilte, um an einem Töpferkurs für Fortgeschrittene teilzunehmen. Diese Tageskurse beunruhigten ihn nichts besonders, aber er stellte sich vor, wie seine geliebte Karen abends mit irgendwelchen Typen um die Häuser zog. Irgendwann einmal wollte er alleine auf eine Thailand-Reise gehen, um allen zu zeigen, was für ein Hirsch er war. So versunken in seine Gedanken bemerkte er nicht, dass Abdou in der Türe stand.

»Was gibt's, Abdou?«, sagte er zu dem kompetent wirkenden Mann.
»Ich wollte Ihnen nur den Schlussbericht übergeben. Sie wissen ja: ›Miller‹«.

Conelly ärgerte sich meistens über diesen Papierkram und meinte zu Abdou: »Bitte sagen Sie mir es direkt, ich habe keine Zeit, alles durchzulesen.«

»Also«, begann Abdou, »der Mann war eigentlich gut in Schuss, rauchte nur wenig und seine Leberwerte befanden sich in einem normalen Rahmen. Sein Körper wies keine Hämatome auf, und dass er mit einem Draht erwürgt wurde, haben Sie auch schon festgestellt. In seinem Blut haben wir kleinste Mengen von Heroin gefunden, aber nicht dass Miller etwa süchtig gewesen wäre, das wäre bei dieser Konzentration keinesfalls möglich.«

Conelly wurde hellhörig. »Und was noch?«

»Sein Penis war gepierct und er trug ein Toupee. Ausserdem hatte er eine starke Verwucherung in seinem Darmtrakt, was auf eine starke Darminfektion zurückzuführen war.«

»Ist das alles?«, fragte Conelly.

»Ja«, gab Abdou zurück.

»Ich danke Ihnen für diesen lückenlosen Bericht.«

»Noch etwas«, führte der Inspektor das Gespräch weiter, »was für eine Meinung haben Sie über diesen ›von Willensdorf?«

»Ein fähiger Mann, auf Zack, und immer da, wo es brennt. Ohne Ihre Fähigkeiten in geringster Weise herabzusetzen, Conelly«, meinte Abdou etwas verlegen.

»Ja, ich weiß, dieser von Willensdorf ist mir immer eine Nasenlänge voraus und damit muss ich mich wohl oder übel abfinden.«

Abdou verliess das Zimmer und ging zurück in sein Untersuchungszimmer, um sich einer weiteren Leiche zuzuwenden.

Als ich wieder in meinem Zimmer im Hotel Bristol ankam, nahm ich als Erstes meine gefundenen Schlüssel aus meiner Tasche und mittels einer Lupe untersuchte ich ihn auf irgendwelche Hinweise. Es war mir möglich, eine Gravur zu finden, welche darauf hindeutete, dass es sich um einen Schliessfachschlüssel der National Bank of London handelte. Die Nummer war ebenso eingraviert, was mir die ganze Sache ungemein erleichterte. Die Zeit war schon vorangeschritten und so musste ich mich morgen um dieses Schliessfach kümmern. Anschliessend begab ich mich in das Hotel-Restaurant und genehmigte mir ein Entrecote und ein kühles Budweiser.

Die Bank, die an der Milton Lane ihren Sitz hatte, öffnete erst um 9 Uhr und so blieb mir etwas Zeit, mich auf eine Parkbank zu setzen. Die Ruhe in diesem Park tat mir gut und die Sonne, welche zwischen den Häusern hindurchschien, wärmte meine Seele und meinen Körper. Nach diesen unerträglichen Temperaturen in Wadi-Halfa, genoss ich diese milden Temperaturen hier in London. Problemlos wurde ich in der Bank zu dem Schliessfach begleitet und konnte den Inhalt unbeobachtet einsehen. Drinnen befanden sich zwei Holzskulpturen und ein grösserer Geldbetrag. Ich packte alles in eine Tasche, welche ich mitgebracht hatte, und verliess die Bank, mit dem guten Gefühl, der Lösung etwas näher gekommen zu sein.

Wieder im Hotel untersuchte ich die Figuren, aber nichts Auffälliges war daran zu erkennen. Erst als ich mit einiger Kraft den Fuss der Figur ablösen konnte, entdeckte ich in diesem ein Geheimfach, mit Heroin gefüllte Beutel, welche luftdicht, fein säuberlich, verpackt wurden. Ich packte alles zusammen im meine Tasche und gab es in den Hoteltresor zur Aufbewahrung.

14. Kapitel

Die Wahrheit über Edi Kellermann

Als ich zurück in mein Hotelzimmer kam, wartete mein englischer Lieblingspolizist bereits auf mich. Er konnte seine Aufregung kaum in Schach halten, denn er hatte herausgefunden, dass die beschlagnahmten Skulpturen mit Heroin gefüllt waren.

»Sie haben mit Ihrer Schnüffelei wieder mal Glück gehabt«, wobei er das Wort »Glück« besonders hervorhob ...

»Glück? Wir werden sehen. Auf jeden Fall habe ich eine weitere Überraschung für Sie bereit, aber alles zu seiner Zeit, denn es ist besser, diese noch für mich zu behalten.«

»Leider sind uns die genauen Zusammenhänge nicht ganz bekannt«, gestand Conelly. »Auf jeden Fall haben Sie etwas ins Rollen gebracht und nun bringen Sie es auch zu Ende.«

»Ich denke, dass Sie nichts dagegen haben, dass ich das Haus von Miller noch einmal aufsuche?«

»Nein, nein, Sie haben freie Hand, von Willensdorf.«

»Ich werde Sie anrufen, wann und wo Sie den Kellermann abkassieren können. Hier ist meine direkte Nummer, auf welcher Sie mich Tag und Nacht erreichen können.«

Er gab mir eine abgegriffene Visitenkarte.

»Sie sind eben doch mein Lieblingskommissar.«

Wir lachten beide und Conelly fuhr anschliessend wieder in sein Scotland Yard zurück.

Ich fühlte mich müde und hatte wieder meine Kopfschmerzen, wie so oft, wenn ich vor dem Abschluss eines Falles stand.

Die romantisch eingerichtete Hotelbar war mein nächstes Ziel, welches ich ansteuerte, um mir ein paar Drinks zu genehmigen. Nach den ersten beiden war ich mir nicht mehr sicher, ob sie geschüttelt oder gerührt waren. Sie taten mir jedenfalls gut und auch meine charmante Begleitung liess keine Wünsche offen, obwohl ich kein Freund von kurzen Abenteuern war. Schon nach wenigen Stunden Schlaf wachte ich auf und fühlte mich nervös. Falls mein Plan nicht aufging, würde ich mich im Scotland Yard nicht mehr blicken lassen können, so viel stand fest. Nach einiger Zeit schlief ich in den Armen meiner Begleiterin, namens Evelyn oder so, wieder ein.

Das Frühstück dieses Morgens war ein Highlight und ich bestellte Kaffee und gerade deren drei, um irgendwie wieder auf Touren kommen zu können. Das dämmerige Licht in der Eingangshalle fühlte sich unangenehm an, denn die dunkelgrau getünchten Wände frassen das Licht gierig in sich hinein.

Mit meinem Mietauto fuhr ich ein weiteres Mal zu dem Hause von Miller. In gleicher Weise verschaffte ich mir Zugang und stellte fest, dass sich noch alles beim Alten befand. Meine Absicht war, den Schlüssel so zu platzieren, dass er von jedermann, welcher ihn suchen würde, gefunden werden musste. In langsamen Schritten ging ich zurück zu meinem Fahrzeug und wartete einige Stunden lang. Plötzlich kam mir die Idee, den Kassierer anzurufen. Der Kassierer meldete sich mit den Worten: »Wettbüro Plummer, Plummer, guten Tag.«

»Hier spricht von Willensdorf, könnten Sie mir bitte den Kellermann an den Apparat holen?«

»Kellermann ist heute nicht zur Arbeit erschienen, er sei krank und müsse das Bett hüten.«

Einige Zeit verging, und als ich gerade dabei war einzuschlummern, sah ich wie sich Kellermann mit einem weiteren Mann dem Haus näherte und sie hineingingen. Ich rutschte in meinem Auto etwas hinunter, um nicht gesehen zu werden. Schnell wählte ich die Nummer von Conelly.

»Es ist so weit«, meldete ich mich. »Sie können sich mit Ihren Männern in der Nähe der National Bank positionieren, damit ich Sie für einen eventuellen Zugriff herbeirufen kann. Ich denke, dass Sie den Kellermann nun endlich abkassieren können.«

Nach knapp 15 Minuten standen die beiden auf der Strasse, setzten sich in ihr Fahrzeug und brausten Richtung Bank davon. Mit Blickkontakt und meinem unwahrscheinlich guten Fahrstil brachte ich es fertig, ihnen zu folgen. Conelly stand mit seinen Männern gegenüber der Bank und wartete auf meine Anweisungen. Nur wenige Minuten vergingen, als die beiden Männer wieder aus der Bank kamen und einen äusserst aufgelösten Eindruck machten. Ich winkte die Polizisten herbei und der Zugriff erfolgte unter den strengen Augen des Inspektors.

»Ich denke, dass einer von den beiden im Besitz eines Sicherheitsschlüssels ist, welcher für uns von grösster Wichtigkeit ist«, sagte ich zu Conelly. Der Inspektor war etwas mürbe, weil er selbst nur wenig dazu beitragen konnte, die beiden dingfest zu machen.

Später, als ich Conelly anrief, bestätigte er mir, dass bei einem der beiden ein solcher Schlüssel gefunden wurde. Der Inspektor konnte sich aber keinen Reim darauf machen, was es zu bedeuten hatte, aber er dachte, der Willensdorf weiss schon, was er tut.

»Und noch etwas, mein lieber Inspektor, wäre es möglich, folgende Leute morgen in das Scotland Yard zu bestellen, ich denke so um 10 Uhr morgens?« Ich nannte ihm die Namen und fügte hinzu: »Ich habe lange genug gewartet und es wird allmählich Zeit, Licht in diese Angelegenheit zu bringen. Auch Kellermann und seinen vermeintlichen Komplizen möchte ich morgen in Ihrem Büro sehen.«

Conelly bestätigte mir, dass alle Personen anwesend sein würden.

Es war ein schöner Sommernachmittag und das Licht glitzerte auf der ruhig dahinfliessenden Themse.

Ich saß unten am Ufer und versuchte die Geschehnisse nochmals Revue passieren zu lassen. Alle oder zumindest fast alle Beweise hatte ich zusammengetragen und ich dachte, den oder die Täter damit überführen zu können. Zurück in meinem Hotel legte ich mich auf mein Bett und döste so vor mich hin. Ein heftiges Klopfen riss mich aus meiner momentanen Lethargie. Unmutig öffnete ich die Türe und eine junge, attraktive Frau stand draussen und wollte mich sprechen.

»Ich wollte Sie fragen«, begann sie, »wo mein Freund Edward Kellermann abgeblieben ist? Denn er ist zu unserem Treffen nicht erschienen. Keine Nachricht, rein gar nichts«, schluchzte sie.

»Sie sind also eine Freundin von Kellermann?« Die Frau war eingebettet in ein enganliegendes Kleid und trug Schuhe mit hohen Absätzen. Ihre Frisur war hochgesteckt und ihr Make-up war dick aufgetragen.

»Wo ist mein Edward?«, wiederholte sie sich.

»Bei der Polizei«, antwortete ich und meine Stimme beinhaltete etwas Beruhigendes, was dieser Situation entgegen kam.

»Edward hat doch nichts getan? Nur weil er an diesem Glücksspiel teilgenommen hatte.«

»Das wird sich zeigen«, meinte ich. »Hatte er Spielschulden?«, fragte ich sie.

»Ja, aber er brachte es immer wieder fertig, diese zu tilgen, zudem waren die ja nie besonders hoch.«

»Ich denke, dass wir morgen schon bereits mehr wissen«, gab ich ihr zu verstehen. »Möchten Sie mit mir unten an der Bar einen Drink nehmen?«

Als wir im Fahrstuhl standen, fragte ich sie: »Wie heissen Sie übrigens?«

»Mein Name ist ›Lisa Krutschenk‹«, war ihre Antwort.

»Mein Name ist von …, ach sagen Sie einfach Herbert zu mir.«

»Übrigens hatte Edward viel von Ihnen gesprochen«, meinte sie, »und deshalb hatte ich Sie auch aufgesucht, um mit Ihnen zu sprechen.« Ihre blonden Haare flatterten, als wir den Fahrstuhl verliessen und uns der Bar zuwandten.

15. Kapitel

Wo ein Willensdorf ist, ist auch ein Weg

Als ich an diesem Morgen aufwachte, war es kühl, sodass ich fröstelte. Der Regen prasselte an meine Fensterscheiben. Der wunderbare Duft frisch gebrauten Kaffees stieg mir in die Nase, als ich vor dem Hotelrestaurant stand. Es gab schon einige Gäste im Restaurant, welche früh aufstanden, um ihre Stadttouren zu unternehmen. Ich sah auf meine Uhr und stellte fest, dass mir noch genug Zeit bleiben würde, um ausgiebig zu frühstücken, bevor ich ins Scotland Yard gehen musste, um meine Ausführungen darzulegen. Ewig kam mir die Zeit vor, bis ich über den grossen Platz, an den Sicherheitskontrollen vorbei und dann doch noch vor dem Büro des Kommissars stand. Nach einem kurzen Klopfen trat ich ein und stand schon mitten unter den Vorgeladenen. Es herrschte eine kühle Atmosphäre: teils ungeduldig, teils gereizt sassen die Beteiligten auf ihren Stühlen.

»Ich sehe, ich komme gerade rechtzeitig«, sagte ich in einer auflockernden Art und schüttelte dem Inspektor die Hand.

»Warum sind wir hier?«, fragte einer der Anwesenden.

»Das werden Sie gleich erfahren«, entgegnete ich und versuchte die Kaffeemaschine in Gang zu setzen. Die Leute wurden zusehends unruhiger und ein Gemurmel erfüllte den Raum. In der Runde sassen: Edward Kellermann, sein angeblicher Komplize, welcher sich als Danilo Schiliro ausweisen konnte, Frank Zagula, er war der ehemalige Chef von Miller. Archibald Wayne, der Besitzer des Wettbüros, der Inspektor und ich.

Ich begann zu sprechen: »Wir sind heute hier zusammengekommen, um endlich Licht ins Dunkel zu bringen und einen abscheulichen und heimtückischen Mord aufzuklären.«

Teils bewundernd, teils abschätzig ruhten die Blicke auf mir. »Sie sind der Besitzer des Wettbüros?«, richtete ich mich an Wayne, dessen Büro überfallen und ausgeraubt wurde.

»Ja«, antwortete er knapp.

»Ist Ihnen aufgefallen, dass es gewisse Unregelmässigkeiten gegeben hatte?«

»Ja, der Revisor, welcher vor zwei Wochen die Bücher kontrollierte, hat festgestellt, dass laufend meist kleinere Summen abgezweigt wurden. Unser Verdacht richtete sich in erster Linie auf Kellermann, dem wir aber nichts nachweisen konnten.«

»Wieso wissen Sie das?«, wollte Wayne wissen.

»Ich habe es angenommen«, und ich sprach weiter, mit der Hoffnung, nicht weiter unterbrochen zu werden. »Ich kann Ihnen bestätigen, dass Kellermann tatsächlich laufend Geld abgezweigt hatte, denn er hatte Spielschulden, da er sich regelmässig an verbotenem Glücksspiel beteiligte und, sah keinen anderen Ausweg, um seine Schulden zu tilgen.«

Entsetzt folgte Kellermann meinen Ausführungen.

»Kellermann war nicht nur dem klassischen Glücksspiel zugetan, nein, er hatte ebenso auf Pferde gewettet, denn als ich ihn zum ersten Mal im Wettbüro sah, hatte er die Zeitung vor sich und die Seite mit den Pferdewetten war aufgeschlagen. Für den Laien betrachtet ein unwichtiges Detail, aber nicht für einen von Willensdorf. Sein Problem bestand darin, dass er nicht als Involvierter Wetten abschliessen konnte, ohne dass es herausgekommen wäre, und so kam ihm der bemitleidenswerte Albert Miller gerade richtig, um für ihn die Wetten abzuschliessen. Kellermann, welcher Miller schon seit Jahren kannte, fragte ihn und bot ihm eine Gewinnbeteiligung an. Eine Zeitlang hatte es auch gut funktioniert.«

Nun richtete ich meine Frage an Frank Zagula: »War Miller in den letzten zwei Jahren für Sie im Ausland tätig?«. »Ja, wie können Sie das wissen?« sagte Zagula. »Er war in meinem Auftrag in Nicaragua, um die Überwachung eines Geldtransportes zu organisieren. Seltsamerweise reiste Miller innerhalb eines Jahres noch zwei weitere Male nach

Nicaragua, um dort seine Ferien, wie er sagte, zu verbringen. Wenn man annimmt, dass Miller auf Grund seiner Sprachkenntnisse Kontakte zum Drogenmilieu knüpfen konnte, wäre es ihm ein Leichtes gewesen, eine Connection aufzubauen, was er nach unseren Erkenntnissen auch tat …«

Ungläubige Verwunderung machte sich unter den Leuten bemerkbar.

»Da Miller nicht über die nötigen Mittel verfügte, kam ihm die geniale Idee, Kellermann für seine Zwecke einzuspannen. Miller hatte Kellermann in der Hand und so entstand der Plan, das Wettbüro zu überfallen, um an die benötigten Mittel zu gelangen. Kellermann liess seine Beziehungen spielen und ein Mann, welcher in der Person von Danilo Schiliro den Überfall ausüben konnte, war schnell gefunden. Somit hatte Kellermann ein stichhaltiges Alibi, denn er war ja zur Zeit des Überfalles die ganze Zeit im Wettbüro anwesend. Und Miller, welcher ›klein und untersetzt‹ war, wurde nicht mit dem Überfall in Verbindung gebracht. Der Beweis, dass es Schiliro war, welcher den Überfall begangen hatte, liegt bei mir, denn ich hatte den Täter eindeutig identifizieren können.«

»Aber wer hatte den Mord begangen?«, warf Conelly in die Runde.

»Darauf werden wir noch kommen«, gab ich schnell zurück, um den Faden nicht zu verlieren.

»Kellermann hatte Miller das ganze erbeutete Geld gegeben und sie beschlossen gemeinsam, das Geld in ein Schliessfach der Bank zu geben. War es nicht so, Kellermann?«

Kellermann schwieg und schaute mit versteinerter Miene ins Leere.

»Bis zu diesem Zeitpunkt lief alles glatt. Die von Miller mit Heroin gefüllten Skulpturen waren unterwegs und das Geld stand zur Verfügung. Erst als ein Drogenhund winzige Spuren des Rauschgiftes erschnüffeln konnte, drohte alles aus dem Ruder zu laufen. Aus diesem Traum wurde schnell ein Alptraum. Die Dealer in Nicaragua warteten auf ihr Geld und Miller musste damit rechnen, dass ihn die Drogenpolizei verhaften würde. Miller verfiel in Panik und war gerade dabei seine Koffer zu packen, um noch rechtzeitig abhauen zu können, als Kellermann und Schiliro bei ihm auftauchten und den Schlüssel des Schliessfaches von ihm verlangten. Ich denke, dass die darauffolgende Auseinandersetzung ziemlich heftig wurde und darin gipfelte, dass einer der beiden Miller mit einem Draht oder etwas Ähnlichem erwürgt hatte. Da sie dachten, er hätte den Schlüssel bei sich, durchsuchten sie ihn eiligst, konnten ihn aber nicht finden und suchten anschliessend das Weite. Um den Schlüssel finden zu können, mussten sie zu einem späteren Zeitpunkt wiederkommen.«

Ich legte eine kurze Pause ein, um den Anwesenden die Möglichkeit zu geben, sich zu beruhigen. Nur Conelly saß ruhig auf seinem Stuhl und lauschte meinen detaillierten Schilderungen.

»Ich kann Ihnen versichern, dass Sie sich nicht mehr lange gedulden müssen. Der Rest ist schnell erzählt.«

Ich zündete mir eine Zigarette an und fuhr fort: »Den Schlüssel, welchen die beiden suchten, fand ich bei einem meiner nächtlichen Besuche in Millers Haus, im Innern des Toilettenkastens, der dort von Miller angeklebt wurde.

Es ist nun der Zeitpunkt gekommen, Ihnen, Inspektor Conelly, das Beweismaterial zu übergeben«, und ich reichte ihm die Tasche entgegen …

Ruhe herrschte im Raum.

»Den Schlüssel versteckte ich erneut in dem Haus von Miller, sodass Kellermann und Schiliro ihn leicht finden konnten, und als sie beide die Bank verliessen, wurden sie von Inspektor Conelly und seinen Männern geradewegs verhaftet. Sie sehen, einen von Willensdorf kann man nicht hinters Licht führen.«

Kellermann klatschte in die Hände, als wollte er applaudieren, und stand mittlerweile auf.

»Bravo, bravo, Herr von Willensdorf, aber es gibt einen kleinen

Schönheitsfehler in Ihrer Theorie. Sie haben keinerlei Beweise und Ihre abstrusen Verdächtigungen stützen sich nur auf Ihre Hirngespinste.«

»Meine lückenlose Aufklärung und meine Indizienbeweise werden vor jedem Gericht standhalten können. Ausserdem hatten die Beteiligten ein Motiv und die Gelegenheit, diese grausame Tat auszuführen.«

»Ich habe diesen Miller nicht umgebracht, das können Sie mir nicht anhängen«, stammelte Kellermann. »Das mit den Unterschlagungen ja, aber nicht den Mord, den Mord nicht.«

Ganz verdutzt lauschte Schiliro unserem Gespräch und wagte nicht zu sprechen. Mit einer kaum bemerkbaren Bewegung stand Schiliro auf und zog blitzartig eine Pistole aus seiner Tasche und sagte hasserfüllt: »Ja, ich habe dieses Schwein, das mit unserem Geld abhauen wollte, umgebracht, denn ich konnte es doch nicht zulassen, das müssen Sie doch verstehen.«

Etwas hilflos und auf Zustimmung hoffend, blickte Schiliro in die Runde und fuchtelte mit der Pistole vor unseren Köpfen herum.

»Sie, von Willensdorf, haben Ihre Nase zu tief in die Sache gesteckt.«

Schiliro rechnete sich seine Chancen als relativ gross aus, das Gebäude lebend verlassen zu können.

»Ach, hätte ich Sie doch nur umgebracht, als ich Sie hinter dem Bretterverschlag stehen gesehen habe, als Sie aus der stillgelegten Fabrik gekommen sind.«

»Machen Sie doch keinen Unsinn«, mischte sich Conelly ein. »Sie haben keinen Hauch einer Chance.« Schiliro wurde nervös und klammerte sich an seine Pistole.

»Ich werde euch alle umlegen«, aber kaum hatte er den Satz beendet, sprang Conelly auf ihn zu und konnte ihm die Waffe entreissen ...

»Du bist solch ein Idiot«, sagte Kellermann zu ihm. »Sie hätten uns rein gar nichts beweisen können. Du bist ja so dämlich!«

Zwei herbeigerufene Polizisten führten die beiden Täter in Handschellen ab.

Als Conelly und ich in ein Nebenzimmer gingen, rief er einem Beamten zu, er solle die zwei Übriggebliebenen entlassen und ihnen sagen, sie könnten jetzt brav nach Hause gehen. Conelly fragte mich: »Hatten Sie wirklich keine Beweise?«

»Nein, aber ich dachte mir schon, dass sich einer der beiden verraten würde, damit hatte ich fest gerechnet.«

»Von Willensdorf, Sie sind ein ausgefuchster Junge, einfach genial, wie Sie diesen Fall zu einem Ende bringen konnten. Ich wollte Sie darum bitten, mich bei einer anderen Gelegenheit auch mit einzubeziehen.«

»Selbstverständlich, Sie sind doch mein Lieblingsinspektor.«

Wir lachten.

»Ich denke, dass meine Mission hier in London erfüllt ist, und ich spüre, wie es mich weiterzieht«, sagte ich zu Conelly.

»Ich hätte nichts dagegen, wenn Sie noch ein paar Tage bleiben würden, schliesslich …«

Ich beendete den Satz: »… schließlich könnte es sein, dass bereits ein anderer Fall seiner Lösung bedarf.«

»Nein, Kriminalfälle gibt es fast überall.«

Fest und freundlich war sein Händedruck, als wir uns voneinander verabschiedeten.

Liebe Leserinnen und Leser, wenn Sie ehrlich zu sich selber sind, dachten Sie wohl nicht, dass dieser Fall diese Wendung nehmen würde. Sie waren zwar anfangs auf der richtigen Spur, mussten sich aber dann dennoch eingestehen, dass ein solcher komplexer Fall nur durch einen von Willensdorf zu lösen war. Ich hoffe, dass Sie Ihre kriminalistischen Fähigkeiten weiterhin unter Beweis stellen werden.

Meine Sachen waren schnell gepackt und ich bestieg ein Taxi, welches mich zum Flughafen brachte. Das Flugzeug hob sich sanft in die Lüfte und mit ihm an Bord, Herbert von Willensdorf, neuen Abenteuern entgegen.

Die Auferstehung des Pier Luigi Calzone

Mir wurde die Möglichkeit zuteil, im Goethe-Institut in München als Gastredner über einen meiner schwierigsten Fälle zu referieren. Eine reichliche Zahl interessierter Studenten/-innen lauschten gespannt meinen Ausführungen in einer ungewohnten Intensität.

»Meine lieben Damen und Herren ...«, begann ich, »es ist mir zugetragen worden, über das Verbrechen an Pier Luigi Calzone zu sprechen, welches mit einer unvergleichlichen Raffinesse verübt worden war, dass selbst ich nur mit einer messerscharfen Logik und feinfühligem Gespür die Zusammenhänge entschlüsseln konnte, welche zum Tode von Calzone führten. Ich möchte vorausschicken, dass dieser Mord nicht aus niedrigen Beweggründen, wie etwa Eifersucht, verübt wurde, sondern aus einem Motiv heraus, welches nachvollziehbar war, in Anbetracht der Ereignisse, welche sich 1999 in München abgespielt haben. Um Ihnen einen Einblick gewähren zu können, komme ich nicht umhin, Ihnen einiges über das Leben von Calzone zu erzählen.«

Pier Luigi Calzone wuchs in Palermo auf, besuchte die Schule und nach Abschluss des Gymnasiums entschied er sich dazu Archäologie in Bologna zu studieren. Mit Bravur bestand er sein Abschlussexamen. Als sein Vater, welcher in einem kleinen Küstenort in Sizilien wohnte, ihn bei sich haben wollte, entschloss er sich dorthin zurückzukehren, um seinen Vater, vor dessen nahendem Tode, nochmals sehen zu können. Sein Vater war Fischer, und Pier Luigi musste seinem Vater auf dem Sterbebett versprechen, dass er die Tradition so lange weiterführen würde, bis er eine geeignete Anstellung finden würde. Pier Luigi fuhr jeden Morgen mit seinem Fischerboot die steil abfallende Küste entlang, bis zu einer kleinen Bucht, um dort sein Netz auszuwerfen. Er liebte dieses einfache Leben, abseits der Grossstadt. Da die Überfischung auch hier zu spüren war, waren seine Netze nur spärlich gefüllt, als er sie nach stundenlangem Warten wieder einholte.

Er liebte diese Abgeschiedenheit und schaute oft den Kreuzfahrtschiffen zu, wie sie hornend vorüberfuhren. Es war nicht sein grösster Wunsch, eine Kreuzfahrt zu unternehmen, auch wenn er das Geld hätte zusammensparen können, aber seine Frau Maria träumte von einem Leben abseits dieser trostlosen Idylle. Oft, wenn Pier Luigi nach dem Fischen in sein Haus zurückkehrte, stand seine Frau in ihren besten Kleidern in der Küche und es machte den Anschein, als wolle sie sich auf eine Reise begeben. Pier Luigi liess es sich nicht anmerken, dass er merkte, dass seine geliebte Maria an diesem Ort nicht glücklich sein konnte. An den Nachmittagen saß Pier Luigi in einem kleinen Bistretto, spielte mit seinen Freunden ›Domino' und trank einen Espresso, während vereinzelte Touristen mit Badeutensilien den Weg zu dem kleinen Sandstrand einschlugen, um zu schnorcheln oder einfach in der Sonne zu braten. Diese Nachmittage vergingen wie im Fluge und abends sassen er und Maria auf der Veranda und vergassen die Zeit, welche unaufhörlich verstrich. Jahre vergingen bis zu diesem schicksalhaften Tag, als er wieder einmal in seinem Bistretto sass und in einer Zeitung folgendes Inserat gelesen hatte: Wir suchen einen wissenschaftlichen Mitarbeiter, zur Registrierung von ägyptischen Altertümern der orientalischen Gesellschaft.

Er las es immer und immer wieder durch und es faszinierte ihn und er sah endlich eine Möglichkeit, aus dieser Einöde zu fliehen. Er hatte grosse Ambitionen und das Bedürfnis, sich zu verändern. Ausserdem verfügte er über das nötige Fachwissen.

Eiligst rannte Pier nach Hause, um dieses Inserat zu beantworten. Er malte sich eine Möglichkeit aus und seine Hoffnungen ruhten nur auf diesem Stück Papier. Immer wieder hob er hervor, dass er der Richtige für diesen Posten sei. Tage vergingen, und als die Spekulationen zwischen Maria und Pier Luigi langsam verstummten, lag abends neben seinem Weinglas ein Brief, welchen Maria dort gut sichtbar platzierte. Mit zittrigen Händen öffnete er ihn, und er wusste bereits, dass dieser Brief aus München kam. Laut und andächtig las er Maria die wenigen Zeilen vor: Sehr geehrter Herr Calzone, wir freuen uns,

Ihnen mitteilen zu können, dass wir nach allen Abwägungen Ihnen die Stellung gerne anbieten würden. Ich bitte Sie, sich in den nächsten zwei Wochen bei uns vorzustellen. Einen passenden Termin wollen Sie bitte mit meiner Sekretärin vereinbaren. Mit freundlichen Grüssen. O. W. Schweighofer.

Minutenlang hielt er diesen Brief in Händen und konnte es auch nach mehrmaligem Durchlesen nicht fassen, eine solche Chance bekommen zu haben. Er war sich dessen erst richtig bewusst, als er in seinem kleinen Fiat saß und Richtung München unterwegs war. Die Vorfreude verkürzte ihm die Fahrt und er genoss es, auch mal wieder mit seinem Auto unterwegs zu sein. Ausser in Palermo und Bologna war er noch nie in einer solchen Grossstadt gewesen und alles erschien ihm überdimensional groß, mit all den Hochhäusern. Sein Auftreten wirkte etwas naiv und er verspürte eine Mischung aus Begeisterung und Heimweh. Er fand schliesslich das grosse Gebäude, nachdem er schon einige Zeit lang herumgefahren war, eingebettet zwischen zwei Grünanlagen. Die einzelnen Gebäudeteile waren mit gigantischen Glaskonstruktionen abgestützt und der Eingang erinnerte ihn an den Eingang der Cheopspyramide. In diesem Komplex arbeiten zu müssen, bereitete ihm Unbehagen und dennoch ging er hinein und meldete sich beim Empfang.

»Ich habe den Bescheid gekriegt, mich bei einem Herrn Schweighofer zu melden«, sagte er zu der jungen Frau. Einige Zeit verging, bis sie den Namen Schweighofer finden konnte.

»Herr Schweighofer hat sich in diesem Gebäude eingemietet, er gehört, allem Anschein nach, zu einer externen Firma.«

»Aber hier ist doch das Gebäude der orientalischen Gesellschaft?«

»Ja, sicher«, beruhigte sie ihn, »soll ich Sie anmelden?«

»Ja, gerne«, gab er zurück und fuhr mit dem Fahrstuhl in die oberste Etage. Nach ein paar wenigen Schritten stand er vor dem Büro Schweighofers. Als ihn Schweighofer hineinbat, fielen ihm als erstes die kahlen Wände auf. Nur ein paar wenige kleine Skulpturen waren in einer Vitrine aufgestellt: Billige Touristenimitationen, wie er feststellen konnte.

»Ah, Herr Calzone«, begrüsste er den Eintretenden. »Welch eine Freude, Sie hier zu sehen.«

Seine übertriebene Freundlichkeit störte ihn, aber er liess sich nichts anmerken.

»Sind Sie gut gereist?«

»Ja, Herr Schweighofer.«

»Darf ich Ihnen Ihr Aufgabengebiet zeigen?« Und er führte ihn nach nebenan in ein kleines, sehr karges Büro.

»Bitte setzen Sie sich an den Schreibtisch.«

Alles wirkte wie einstudiert und die Einrichtungsgegenstände, welche lieblos hineingestellt waren, glichen einer Kulisse.

»Darf ich Ihnen nun noch alles andere Sie Betreffende zeigen?«

Schweighofer führte ihn einen Gang hinunter, bis zu einer Kantine. Frauen mit weissen Häubchen putzten Tische und räumten Geschirr zur Seite, denn es war um die Mittagszeit herum, in welcher sich die etwa 80 Angestellten verpflegten. Als sie wieder in seinem Büro angekommen waren, gab ihm Schweighofer Anweisungen, welche an eine Einmusterung beim Militär erinnerten.

»Arbeitsbeginn 9 Uhr, Mittag 12 Uhr, Feierabend 17 Uhr. Übrigens haben wir einige Wohnungen zur Auswahl für Sie bereit. Sie können eine auswählen, aber ich denke, dass Sie sich noch mit Ihrer Frau besprechen wollen.«

»Ja, sicher«, sagte Pier Luigi, dem alles ein wenig zu viel wurde.

»Ich denke, es macht Ihnen nichts aus, mich auf Auslandsreisen zu begleiten?«

Bevor Pier antworten konnte, sagte Schweighofer: »Sehr gut, ich habe nichts anderes erwartet. Sie werden in erster Linie mit mir zusammenarbeiten, bis Sie so weit sind, dass Sie selbstständig Aufträge ausführen können.«

So wie er das sagte, erinnerte es ihn eher an eine »straff« geführte

Mafia-Organisation als an eine offizielle Arbeitsstelle. Die ganze Zeit, seit er in München war, kam es ihm wie in einem Traum vor, aus dem er hoffte bald aufwachen zu können.

Als Pier Luigi wieder in seiner gewohnten Umgebung war, lag er nächtelang wach und überlegte, ob er dieses Angebot zurückweisen sollte. Er wägte ab zwischen einem sicheren Einkommen und er sah auch, wie Maria seit dieser Zusage so euphorisch war und wie sie sich ausmalte, wie das neue Leben wohl aussehen würde. Er gab seinen Zweifeln nach, und sie fuhren bereits zwei Wochen später mit ihrem Hab und Gut, nachdem sie eine geeignete Wohnung gefunden hatten, nach München. Sie hatten noch genügend Zeit, sich einzurichten. Maria fand alles so aufregend und war glücklich, denn sie hatte erstmals die Möglichkeit, alles einzukaufen, Dinge, welche von der Werbung angepriesen wurden und für ein glückliches Leben unabdingbar waren. Beide schwebten in einem Hoch, und von dem Vorschuss kaufte sich Pier Luigi einen Fernseher, und anstatt auf der Veranda, sassen die beiden vor dem Fernseher und schauten sich die »billig« inszenierten Quizsendungen an, welche im italienischen Fernsehen täglich ausgestrahlt wurden. Seinen kleinen Fiat hatte er auch mitnehmen können und so fuhren sie durch Landschaften und Dörfer und versuchten sich wie echte »Deutsche« zu benehmen und sich nicht anmerken zu lassen, dass sie aus einem kleinen Fischerdorf in Sizilien stammten. Eine Integration war in dieser kurzen Zeit natürlich nicht möglich, aber vor allem Maria genoss es, ein Teil dieser Zusammengehörigkeit zu sein. Schon bald würde Pier Luigis erster Arbeitstag beginnen und er war aufgeregt, denn er wusste ja noch nichts über seine genaue Tätigkeit.

Punkt 9 Uhr stand er vor dem Büro von Schweighofer, voller Erwartung, und musste sein Lachen unterdrücken, als er darüber nachdachte, dass alle zu einer grossen Familie gehörten.

»Ah, Herr Calzone, Sie sind ja schon da.«

Und sein Ausdruck war um einiges strenger, als bei ihrem letzten Zusammentreffen.

»Bitte folgen Sie mir zu meinem Wagen.«

Schweighofer hatte sich umgezogen und trug eine »Allerweltskleidung«, was ihm etwas seltsam vorkam, aber er dachte nicht weiter darüber nach und stieg bei Schweighofer in den Wagen ein.

Über eine Stunde fuhren sie durch München, mitten durch den Alltagsverkehr und hielten vor einem Haus, welches mehr einem normalen Wohnhaus ähnelte als einem Geschäftshaus. Sie gingen durch einen kleinen Vorgarten hindurch, und als Pier sich im Hause befand, stutzte er wieder, denn die ganze Einrichtung wirkte provisorisch, obwohl es einige Ordner und einen Laptop hatte.

»Herr Calzone, Sie werden sich hier einarbeiten.«

Pier Luigi wunderte sich immer mehr und vor allem, warum gerade er für diese Arbeit ausgesucht wurde.

»Sie können es sich bequem machen, ich habe nebenan noch einiges zu tun.«

Als er alleine im Zimmer war, klappte er den Deckel des Laptops auf und auf dem Display sah er wunderschöne ägyptische Figuren, die zweifelfrei »echt« waren. Er schaute sich die Bilder genau an und schloss anschliessend den Deckel wieder.

Nur Minuten später trat Schweighofer wieder ins Zimmer, betrachtete ihn einen Augenblick und sagte anschliessend: »Herr Calzone, wir werden heute Abend im Münchnerhof zusammen essen. Eine gute Gelegenheit, Ihnen weitere Instruktionen geben zu können. 19 Uhr, bitte seien Sie pünktlich und rufen Sie Ihre Frau an, dass es später werden könnte.«

Sein Ton war befehlend und so getraute sich Calzone nicht, zu widersprechen. Immer wieder kamen ihm die Bilder in den Sinn, welche er auf diesem Laptop gesehen hatte.

»Sie können nun gehen, wir sehen uns abends.«

Nachdem er Maria angerufen hatte, um ihr abzusagen, schlenderte er durch München und musste aufpassen, nicht die Orientierung zu verlieren.

Der Münchnerhof war ein altehrwürdiger Gasthof mit angrenzendem Biergarten, in dem es zahlreiche Leute hatte, welche vor ihrer Mass Bier sassen. Pier Luigi ging hinein und sah, wie Schweighofer an einem runden Tisch sass. Er ging zu ihm hin und als Erstes fragte Schweighofer: »Ich nehme an, dass Sie die Bilder auf dem Laptop gesehen haben? Ich möchte Ihnen auch gleich reinen Wein einschenken, warum wir gerade Sie für diese Mission, wie wir es bezeichnen, ausgesucht haben.«

Calzone war gespannt.

»Sie sind ausgesucht worden, weil Sie in der Szene gänzlich unbekannt sind und weil Sie über ein ungemeines Fachwissen über ägyptische Kunst verfügen. Ich dachte gleich, Sie sind unser Mann.«

»Ich denke doch, Sie könnten mich jetzt über meine genaue Tätigkeit informieren! Und dann kann ich mich immer noch entscheiden, ob ich mich für Ihre Mission geeignet fühle.«

»Sie werden nur so viel erfahren, wie es für Sie unbedingt nötig ist«, sagte Schweighofer zu ihm.

»Zuerst werden Sie die Skulpturen katalogisieren, welche Sie angeschaut haben, und in einer Woche werden wir eine Reise nach Ägypten unternehmen. Aber Sie müssen absolutes Stillschweigen bewahren. Kein Wort zu niemandem, nicht mal zu Ihrer Frau. Ich denke, im Moment wissen Sie genug. Ich möchte, dass Sie morgen um 8 Uhr Ihre Arbeit aufnehmen. Hier haben Sie noch einen Vorschuss von 3.000 Euro, und es sollte Ihnen bewusst sein, dass, wenn Sie dieses Geld annehmen, es kein Zurück mehr gibt … sollten Sie sich anders entschliessen, so würde es mir leid tun für Sie.«

Diese Ansage war glasklar. Calzone hatte sich in eine Sache hineinverstrickt, aus der er nur schwerlich herauskommen würde, zudem wusste er immer noch nicht genau, um was es sich genau handelte.

»Was wäre gewesen, wenn ich nicht auf dieses Inserat geantwortet hätte?«

»Wir wären anderweitig mit Ihnen in Kontakt getreten. Sie wären so oder so zu uns gestossen.«

»Ich gehe einmal davon aus, dass Sie nicht für die Altertumsverwaltung oder die orientalische Gesellschaft arbeiten?«, bemerkte er zu Schweighofer.

»Calzone, Sie fragen zu viel, je weniger Sie wissen, desto besser ist es für Sie.«

»Also morgen!«, und Calzone verabschiedete sich mit einem ungusten Gefühl.

Als sich Calzone der Ausgangstüre zuwandte, bemerkte er, wie sich ein Mann dem Tisch von Schweighofer näherte und ihn aufs Übelste beschimpfte, ohne den Inhalt des Gesprächs verstehen zu können.

Als Calzone abends mit Maria im Bett lag, vermied er es, die ganze Angelegenheit nur mit einem Wort zu erwähnen. Maria dachte, es handle sich um einen ganz normalen Bürojob und fragte daher auch nicht nach.

Liebe Leserinnen und Leser, Sie haben ebenso wie ich mitbekommen, wie sich Calzone in eine üble Sache hineinmanövriert hatte, und ich verstehe Ihre Verwirrung. Aber Sie werden verstehen, dass Calzone nicht einfach so aussteigen konnte, vor allem deshalb nicht, weil sich seine Frau Maria schon über beide Ohren verschuldet hatte.

Dass er mit seinem Chef nach Ägypten reisen müsse, vertraute er Maria an.

Am Morgen erschien Calzone wie vereinbart in diesem Einfamilienhaus und wurde von Schweighofer mehr oder weniger freundlich empfangen.

»Bitte kümmern Sie sich jetzt um die Katalogisierungen.« Und Pier Luigi beschäftigte sich den ganzen Morgen damit.

»Es wird Zeit, dass ich Ihnen nun erkläre, wie Ihr Auftrag vonstattengehen soll«, sagte Schweighofer und begann mit seinen genauen Instruktionen. »Sie werden nach Alexandria reisen und im Restaurant Hussein ein Paket im Empfang nehmen, welches Sie zu Ihrem Hotelzimmer mitnehmen werden, um den Inhalt auf seine Echtheit zu prüfen. Es handelt sich dabei um eine ›Osirisstatue‹ aus der 19. Dynastie von unschätzbarem Wert. Sie werden diese Figur anschliessend an den Pier 13 im Hafen von Alexandria bringen und diese einer Kontaktperson übergeben. Nach der Übergabe braucht Sie alles Weitere nicht mehr zu interessieren. Die genauen Zeiten werde ich Ihnen noch mitteilen. Ich werde mich im Hintergrund aufhalten und ein Auge auf Sie werfen, um nötigenfalls einzugreifen, falls es die Situation erfordert. Sie müssen wissen, Calzone, dass wir schon Jahre hinter dieser Figur her sind, und es sollte Ihnen bewusst sein, dass Ihnen kein Fehler unterlaufen darf.« Den letzten Satz sagte er in einer ungewohnten Schärfe.

»Was springt für mich dabei raus?«

»Sie werden zufrieden sein.«

»Wie werden mich die Leute erkennen?«

»Sie werden eine Zeitung unter Ihrem Arm tragen, das ist das Zeichen, welches wir vereinbart haben. Wenn Sie mit Ihrer Katalogisierung fertig sind, können Sie nach Hause gehen und sich für Ihren neuen Einsatz vorbereiten.«

Calzone wollte nur noch eines, er wollte nach Haus zu seiner Frau. Aber als er da eintraf, war die Wohnung leer. Er hatte das Gefühl, alleine gelassen worden zu sein, obwohl er annahm, dass Maria mit ihren Freundinnen beim Shoppen und Kaffeetrinken war. Seine Gedanken kreisten. Einerseits hatte er moralische Bedenken, anderseits fühlte er sich gut, da seine Kompetenz unverzichtbar war und er das Geld kriegen würde, welches er dringend benötigte. Irgendwie reizte ihn das Illegale in Form eines Antiquitätenhandels. Die Wohnung war schon fast vollständig eingerichtet und überall standen Plastikblumen, welche niemals jemand abstaubte, und auch die »Gondolieri« gaben dem Heim einen italienischen Anstrich. Erst als Maria nach Hause kam, fühlte sich Calzone etwas ruhiger, und auch als Maria ihm gestand, dass sie das ganze Geld ausgegeben hatte, beunruhigte es ihn nicht besonders.

Die Reise im Flugzeug war für Calzone ein echtes Highlight, gerade deshalb, weil er in seinem Leben erst zweimal geflogen war. Von seinem Fensterplatz aus schaute er auf das offene Meer hinaus und lauschte dem monotonen Geräusch der Turbinen. Erst als das Flugzeug zur Landung ansetzte, erkannte man Boote, welche im Wasser trieben, und Umrisse von Häusern waren bereits gut zu erkennen.

Alexandria gehörte zu jenen Städten, welche ihren orientalischen Reiz bereits etwas verloren hatte, denn zu stark war der Einfluss des Westens. Ein riesiger Umschlagplatz für Güter, welche aus der ganzen Welt angeliefert werden, um anschliessend ihrem endgültigen Bestimmungsort zugeführt zu werden. Die Häuser, vor allem in der Altstadt, waren in einem schlechten Zustand und oft genug stürzten Häuser ein, welche von Erosion zerfressen waren. Die Suche nach einem geeigneten Hotel erwies sich schwieriger, als Calzone angenommen hatte. Die einen waren Luxushotels und die anderen billig und heruntergekommen. Er war bereits des Suchens müde geworden und setzte sich in ein Teehaus, obwohl Teehaus nicht die richtige Bezeichnung dafür war, denn das Teehaus war durch eine spanische Wand zweigeteilt. Im vorderen Teil tranken die meist Einheimischen Tee und rauchten Shishas und im hinteren Teil wurden harte Spirituosen ausgeschenkt. Zu guter Letzt fand Calzone doch noch ein passendes Hotel, welches für zwei Nächte gerade genug war. Der Vorteil bestand darin, dass es ganz in der Nähe des Restaurants Hussein lag. Noch am selben Abend sass er aber auf der wunderschönen Veranda und schlürfte an seinem Chai, während drinnen die Hotelgäste sassen und sich das Abendessen schmecken liessen. Calzone war zu nervös, um zu essen, obwohl er seit einem kleinen Imbiss im Flugzeug nichts mehr gegessen hatte. Sein Zimmer war ganz passabel, etwas verstaubt, aber entsprach einem Mittelklasse-Hotel. Wenn alles glatt verlaufen würde, könnte er schon morgen das Paket in Empfang nehmen. Er dachte an die Einfachheit seiner Mission und selbstverständlich auch an das Geld, welches er dafür kriegen würde.

Als er sich auf dem Wege zu dem Restaurant Hussein befand, war es bereits 20.30 Uhr. Andauernd hatte er das Gefühl beobachtet zu werden, aber weil er wusste, dass Schweighofer ein Auge auf ihn richten würde, machte er sich keine grossen Gedanken darüber. Zudem lief bisher alles planmässig. Calzone näherte sich dem Restaurant, ging hinein und setzte sich gut sichtbar an einen Tisch. Seine Zeitung hatte er unter seinen Arm geklemmt, aber keiner der Anwesenden zeigte eine Reaktion. Als er gerade dabei war, sich einen Tee zu bestellen, betrat ein kleingewachsener Mann mit einer Reisetasche das Lokal. Als er ihn sah, machte er mit seiner Hand eine Bewegung, welche ihn veranlasste, zu ihm hinüberzugehen und sich an den Tisch zu setzen, an welchem der Mann gerade Platz genommen hatte.

»Sie sind Calzone?«, sprach er ihn fast flüsternd an.

»Ja«, antwortete Calzone.

Der Fremde nahm wortlos ein kleines Paket aus seiner Reisetasche und überreichte dieses fast feierlich Calzone.

»Keine Fragen, keine Antworten«, sagte der Kleingewachsene, und ehe sich Calzone versah, war der fremde Mann verschwunden.

Pier Luigi blieb ruhig sitzen und der Kellner brachte ihm den gewünschten Tee. Fest hielt Calzone das Paket in der Hand, als er das Lokal verliess und via Creek Street an den vielen Ladengeschäften entlang in eine Seitenstrasse einbog. Wieder hatte er das Gefühl, dass sich Blicke in seinen Rücken bohrten, und er empfand es mittlerweile als unangenehm, aber dachte nicht daran seinen Bewacher abzuschütteln und ging ruhig weiter, bis er zu seinem Hotel kam. Er beeilte sich, denn seine Neugier wuchs mit jeder Sekunde und seine Kehle war trocken, obwohl es nicht besonders heiss war. Er bestellte sich über das Zimmertelefon ein Mineralwasser. Das Paket legte er vorsichtig auf das Bett und schaute die belebte Strasse entlang, ob sein Schatten irgendwo zu sehen war. Nach wenigen Minuten klopfte es an der Türe und er erschrak, als kein Kellner vor der Türe stand.

Sogleich wollte er die Tür wieder schliessen, als ein Schuh sich dazwischen drängte und die Türe blockierte.

»Wer sind Sie?«, fragte Calzone, als er die Türe immer noch zudrückte.

»Darf ich mich vorstellen, mein Name ist Herbert von Willensdorf.«

Während ich mich vorstellte, überflog ich mit meinen Augen das Zimmer und blieb bei dem Paket, welches auf dem Bett lag, haften.

»Sie sind Pier Luigi Calzone? Dann denke ich, dass wir uns über so einiges unterhalten müssen.«

Calzone hatte mich noch nie zuvor gesehen und wirkte ängstlich und sah seine Mission in Gefahr.

»Sind Sie von der Altertumsverwaltung?«, fragte mich Calzone.

»Nein, ganz und gar nicht. Mein Interesse an diesem Paket ist privater Natur.«

Calzone reagierte blitzartig. »Ich gehe einmal davon aus, dass Sie wissen, was sich in der Tasche befindet.«

»Ich denke schon, und wenn Sie es bis jetzt nicht geöffnet haben, so werden wir es zusammen tun. Wenn das drin ist, was ich vermute, dann werden Sie es so oder so nicht behalten können.«

Calzone bewegte sich auf das Bett zu und nahm das Paket in die Hand und fing an, es auszuwickeln. Unzählige Schichten von Seidenpapier umwickelten die Figur und es dauerte gefühlte fünf Minuten, bis Calzone die Figur in Händen hielt.

Voller Bewunderung hielt Calzone die Figur hoch und sagte zu mir: »Sie denken wohl auch, dass die Figur echt ist?«

»Ich denke schon«, sagte ich, und er ging hinüber zum Sonnenlicht, welches durch das Fenster schien, und konnte seinen Blick kaum von ihr lassen, denn so etwas Schönes hatte Calzone noch nie in Händen gehalten.

Vorsichtig legte er die Figur wieder auf das Bett und richtete sich an mich: »Gehe ich recht in der Annahme, dass Sie mir die Figur abkaufen wollen?«

»Nein, aber ich gehe davon aus, dass Sie die nächsten vier Jahre im Gefängnis verbringen werden.«

»Also doch von der Polizei?«, sagte ein völlig aus der Fassung gebrachter Calzone.

»Es gäbe da noch eine Möglichkeit, wie wir Sie vor dem Gefängnis bewahren können, aber diese Sache ist nicht ganz ungefährlich. Für Sie besteht im Moment keine Gefahr, solange Sie im Besitz dieser Skulptur sind, aber sobald Sie die Figur weitergeben, werden Sie logischerweise beseitigt.«

Calzone schaute mich ratlos an und hoffte, dass ich ihm eine Lösung präsentieren könne.

»Ich kann Ihnen nur raten, nichts auf eigene Faust zu unternehmen und mir die weitere Abwicklung zu überlassen.«

»Ich möchte ehrlich zu Ihnen sein und kann Ihnen nur so viel sagen, dass ich mit der Altertumsverwaltung hier in Ägypten zusammenarbeite, und da sie mir die Aufklärung dieser Kunstdiebstähle übertragen haben, bin ich weniger an Ihnen interessiert und möchte Sie auch nicht ins Gefängnis bringen, denn Sie sind nur ein kleiner Fisch, aber Sie können uns helfen, die Drahtzieher zur Strecke zu bringen.«

»Aber wie denn?«, wollte Calzone wissen.

»Wenn Sie sich an meine Anweisungen halten, dann kann Ihnen nichts passieren. Erst müssen Sie Ihren Verfolger abschütteln, welcher Ihnen schon die ganze Zeit folgt, und erst dann haben wir freie Hand.«

»Mein Verfolger heisst Schweighofer und wurde mir als Wachhund mitgeschickt. Er beobachtet mich, seit ich in München in das Flugzeug gestiegen bin. Er ist aber auch nur ein Rädchen im Getriebe, denn den Boss habe ich nie gesehen. Aber passen Sie auf, von Willensdorf, dieser Schweighofer geht über Leichen.«

Auch ich war an diesem Calzone seit München dran, denn die ganze Sache hatte sich erhärtet, dass alles von München aus gesteuert wurde.

»Dieser Schweighofer war definitiv nicht unser Mann«, bestätigte ich Calzone. Eine viel grössere Organisation steckt dahinter, so viel dürfte schon mal klar sein.

»Sie sagen mir jetzt, wohin Sie die Figur bringen müssen und sie wird uns vermutlich zu dem endgültigen Abnehmer führen.«

»Wissen Sie, Herbert, es gibt mir ein sicheres Gefühl, wenn Sie dabei sind, ich war so unsicher, denn ich kann mit einem solchen Druck einfach nicht umgehen. Ich habe den Auftrag, die Echtheit dieser Figur zu prüfen, da ich scheinbar der Einzige in dieser Organisation bin, der es zweifelsfrei bestätigen kann. Anschliessend sollte ich zum Hafen an den Pier 13 gehen, um sie dort jemandem zu übergeben. Ich solle eine Zeitung unter dem Arm tragen, sodass ich erkannt würde. Herbert, wenn das nur gut geht, ich habe solche Angst.«

»Halten Sie sich an meine Anweisungen, dann kann Ihnen nichts passieren, das garantiere ich Ihnen, Calzone«, obwohl ich genau wusste, dass er, als Verräter, zur Zielscheibe dieser Organisation werden würde.

Ich verliess das Hotel durch den Hinterausgang. Calzone schaute unterdessen aus dem Fenster und sah, wie sich Schweighofer in einem Hauseingang versteckte und das Hotel beobachtete. Bis jetzt wusste niemand, dass er nicht mehr im Besitz dieser Statue war.

Er rührte sich bis zum anderen Morgen nicht mehr aus dem Hotel, anschliessend unternahm er wie besprochen eine Stadttour und Schweighofer folgte ihm wie gewohnt. Sein Weg führte ihn an der alten Stadtmauer entlang, vorbei an einigen alten Moscheen, und er liess sich dazu sehr viel Zeit, denn er wusste, dass er bis abends unterwegs sein müsse, um mir den nötigen Spielraum lassen zu können.

Calzone zog immer grössere Kreise und sein Verfolger wich ihm nicht von der Seite. Erst als es kurz vor 18 Uhr war, kam Schweighofer auf Calzone zu und begann ihn aufs Übelste zu beschimpfen.

»Sie werden Ihren Termin verpassen, denn es ist schon fast zu spät. Geben Sie mir die Figur«, befahl Schweighofer.

»Die Figur ist nicht mehr in meinem Besitz!«

Und Schweighofer schaute ihn entsetzt an und wusste bereits jetzt, dass dies das Todesurteil für Calzone bedeuten würde.

»Sie Idiot, um Sie werden wir uns später kümmern«, rief er ihm noch eiligst zu, als er davonrannte.

Calzone dachte sich, dass ihm noch genug Zeit bleiben würde, um unterzutauchen.

Zur gleichen Zeit stand ich einigermassen verborgen hinter einem Container und schaute dem Pier entlang, aber es tat sich nichts und alles blieb ruhig. Niemand, ausser ein paar Matrosen, welche eine Bar suchten, um ihre Heuer gegen billigen Whiskey einzutauschen, war zu sehen. Gestern Abend schon hatte ich mich über das einzige Schiff, welches am Pier 13 vor Anker lag, erkundigt, und obwohl es ein Frachtschiff war, konnte ich, mit viel Überzeugungskraft und einem angemessenen Betrag, den Kapitän davon überzeugen, mich bis Venedig mitzunehmen. Im Halbdunkeln sah ich eine Person stehen, welche aber nur schwach auszumachen war. Langsam näherte ich mich ihr und deutlich erkannte ich, dass es sich um eine junge hübsche Frau, Mitte 20, handelte.

Sie blickte mich an und ich wusste sogleich, dass ich ihr als Kontaktperson unbekannt war. Sie hatte Calzone scheinbar noch nie gesehen.

»Ich denke, Sie sind die Person, die auf einen bestimmten Gegenstand wartet?«

»Ja, geben Sie ihn mir und dann verschwinden Sie.«

»Nicht so eilig, junge Frau. Zuerst werden wir da vorne in der Bar einen Drink zu uns nehmen und erst dann werde ich Ihnen die Ware übergeben. So viel Zeit werden Sie sich schon nehmen müssen. Ich denke, dass ihr Auftraggeber nicht erfreut sein wird, wenn Sie ohne die Ware ankommen werden.«

Sie hatte gar keine andere Wahl, als mir in die Bar zu folgen. Ich wusste, dass Schweighofer als nächstes auftauchen müsste, und so beschloss ich, einen kleinen Umweg zu machen.

Schweighofer fuhr unterdessen mit dem Taxi vor und schaute dem menschenleeren Pier entlang.

Es roch nach altem Zigarettenrauch und nach abgestandenem Bier, als wir eintraten. Die Wände waren voll behangen mit Rettungsringen, welche mit Sicherheit noch niemanden das Leben gerettet hatten.

Wir sassen uns im dämmerigen Licht gegenüber, als ich sie fragte: »Wie heissen Sie?«

»Mein Name spielt keine Rolle, ich habe den Auftrag, die Ware in Empfang zu nehmen und Sie nach Ve...« In diesem Moment erwischte sie sich, wie sie schon zu viel preisgegeben hatte.

»... nach Venedig zu bringen«, vervollständigte ich den Satz. »Wissen Sie, mein schönes Fräulein, mein Arzt hat mir Seeluft verordnet und Venedig wollte ich schon immer einmal sehen, also werde ich mich Ihnen anschliessen.«

»Nein, das geht nicht, das können Sie nicht machen, wenn mein Auftraggeber nur den leisesten Verdacht hegt, so spiele ich in der nächsten Volkszählung keine Rolle mehr.«

»Die werden doch nicht etwa ...?«

»Sie kennen diese Leute nicht, die schrecken vor nichts zurück, um an ihr Ziel zu kommen.«

»Ich denke, solange die Figur in meinem Besitz ist, werden wir unzertrennlich sein«, was mir gar nicht so ungelegen kam, und ich musterte sie eingehend.

»Eine Seefahrt mit einer so jungen und hübschen Frau habe ich mir schon immer gewünscht.«

»Sie sind ein Charmeur, wenn auch ein hübscher«, sagte sie zu mir.

Schweighofer stand noch eine Weile am Pier und sah sich um. Diesen Calzone musste er liquidieren, nur schon um seine persönlichen Rachegelüste zu befriedigen, zudem musste er für sein Versagen geradestehen. Calzone war unterdessen ausgezogen und untergetaucht, aber Schweighofer hatte »Verbindungen«, was ihm die Suche nach ihm wesentlich vereinfachte.

Morgens um 8 Uhr sollte das Schiff auslaufen, nachdem die unzähligen Container eingeladen waren, und ich wartete am Landungssteg auf meine neue Bekanntschaft. Leider wusste ich immer noch nicht ihren Namen. Pünktlich begaben wir uns an Bord, wobei der Kapitän wachsam Ausschau hielt, dass wir nicht gesehen wurden. Wir hatten zwei Kabinen, kleine Räume, ohne fliessend Wasser, und das schwache Licht wirkte gespenstisch. Ein kleines Tischchen stand in der Mitte des Raumes und eine Schlafkoje war mit einer Umrandung versehen, um bei hohem Wellengang nicht aus dem Bett fallen zu können. Ich dachte mir, bis Venedig würde man dies aushalten können. In der Mitte des Schiffes hatte es einen Aufenthaltsraum, in dem wir und die Mannschaft das karge Essen zu uns nehmen konnten. Es bestand aus Kartoffelbrei und Feuerbohnen. Die Besatzung bestand mehrheitlich aus Asiaten und wir waren die einzigen Passagiere an Bord dieses rostigen Kahns namens »Caligari«.

Die See war ruhig, was mir entgegenkam, nur das leichte Auf und Ab war zu spüren und das monotone Geräusch der Motoren, die unaufhörlich tuckerten. Ein angenehmes Lüftchen strich meiner Begleiterin durch das blond-braune Haar. Wir standen so da, mit Blick auf das offene Meer.

»Ich denke, dass der Zeitpunkt gekommen ist, mich offiziell vorzustellen. Mein Name ist Herbert von Willensdorf.«

Sie lachte herzhaft: »Von Willensdorf, das ist doch nicht Ihr Ernst, so kann man doch nicht heissen. Wenn Sie mir sagen würden, Sie heissen zum Beispiel ›Enzo Garibaldi‹, das könnte ich Ihnen vielleicht noch glauben, aber ›Willensdorf‹.«

»›Von‹ Willensdorf, wenn ich bitten dürfte.«

»Das macht die Sache auch nicht besser.«

»Mein Name ist Jennifer Kraft. Es ist nicht, woran Sie jetzt denken.«

Ich schmunzelte.

»Nein, ich habe rein gar nichts mit Streichkäse zu tun«, bestätigte sie mir.

Wir standen stundenlang an der Reling und wünschten uns, dass die Fahrt länger als zweieinhalb Tage dauern würde. Griechenland und der Korinth lagen schon hinter uns und immer betonte sie, dass sie die Figur bei der Ankunft haben müsse. Selbstverständlich sagte ich zu, denn es war nicht meine Absicht, sie in Gefahr zu bringen, was aber in Anbetracht dieser neuen Situation gar nicht so einfach war. Auf jeden Fall dürfte ich die Figur nicht aus den Augen verlieren, sonst wäre alles umsonst gewesen. Ich musste dranbleiben, aber so würde sie mich nicht zu ihrem Auftraggeber führen. Wir versteckten uns an Bord, bis die Zollbehörde kontrolliert hatte. Wir fuhren mit dem Zug nach München zurück und suchten uns ein Hotel, um uns erst mal frischmachen zu können. Ich fühlte mich wohl mit Jennifer zusammen, wenn nur nicht diese Figur zwischen uns stehen würde. Sie hatte Vertrauen zu mir und im Laufe der Zeit verliebte sie sich in mich und auch ich fühlte mich zu ihr hingezogen.

»Herbert«, flüsterte sie mir zu. »Ich will dich nicht verlieren, und wenn du bei mir bleibst, werde ich dich zu dem Mann führen, welchem ich die Figur aushändigen muss. Ach, Herbert, küss mich bitte und nehme mich fest in deine Arme.«

Jennifer schmiegte sich fest an mich und liess mich diesen Auftrag für einen kurzen Moment vergessen. Sie öffnete sich zusehends und begann aus ihrem Leben zu erzählen: Dass sie die Tochter eines reichen Geschäftsmannes sei und mit ihm von Los Angeles nach München gezogen ist. Ihre Mutter sei früh verstorben und sie wohnten in einer grossen Villa am Stadtrand. Auf einer Party sei sie diesem Mann begegnet, dessen Name sie nicht sagen wollte. Und dieser habe sie dazu eingespannt diesen Job zu machen. Es sei absolut ungefährlich, habe er immer wieder betont, und weil sie in ihrem Leben im Moment nicht viel anzufangen wusste, habe sie diesen Job übernommen. Sie machte es nicht wegen des Geldes, nein, mehr um einen gewissen Kick zu erleben. Sie schmiegte sich erneut an mich und fragte: »Herbert, wirst du in Gefahr sein?«

»Wenn du mir die nötigen Informationen gibst, wird es nicht so weit kommen.«

Gerade, als sie mir den Namen ihres Auftraggebers nennen wollte, durchschlug ein Geschoss das Fenster und bohrte sich tief in den Rücken meiner geliebten Jennifer, welche wimmernd zusammenbrach und innert Sekunden ihren Verletzungen erlag ...

Minutenlang war ich nicht im Stande, mich zu rühren, und trotz meiner Starrheit konnte ich Jennifer ein letztes Mal in meine Arme nehmen. Eine Mischung aus Hass und Verzweiflung wuchs in mir bis ins Unendliche. Ich küsste sie auf ihre Stirn, und im selben Moment läutete das Telefon und unterbrach die eigenartige Stille.

»Hallo«, sagte ich und sekundenlang war nichts zu hören.

Eine Stimme mit den Worten: »Sie sind schuld, von Willensdorf.«

»Haben Sie sie umgebracht?«, wollte ich von dem Anrufer wissen.

»Sie hatte für uns keine Bedeutung mehr, und diesen Calzone werden wir uns noch kaufen, das kann ich Ihnen garantieren.«

»Wenn Sie die Figur haben wollen, so müssen Sie sie bei mir holen«, sagte ich bestimmt. »Ich gebe Ihnen 15 Minuten Zeit, um bei mir auf der Matte zu stehen, ansonsten werde ich die Figur eigenhändig zerstören. Mir ist das nun völlig egal«, versuchte ich meiner Forderung Nachdruck zu verleihen.

Jennifer hob ich auf das Bett und deckte sie zu. Der Mann würde kommen, dessen war ich mir absolut sicher. Bereits nach ein paar wenigen Minuten klopfte es energisch an meine Türe. Ich stand am offenen Fenster und hielt die Figur hinaus, während ich »Herein« rief.

Der Mann, welcher ein vernarbtes Gesicht hatte, trat ein und bewegte sich ein paar Schritte auf mich zu, zog eine Pistole aus seinem Jackett und verlangte die Figur.

»Falls Sie Ihre Pistole nicht augenblicklich auf den Boden legen und sie zu mir herüber schubsen, lasse ich die Figur fallen.«

»Ach, Sie bluffen doch nur«, sagte der Mann und kam einen Schritt näher.

»Ich warne Sie.«

Der Mann legte seine Pistole auf den Fussboden und versetzte ihr mit dem Fuss einen Stoss. Blitzartig hob ich die Waffe auf und hielt den Mann in Schach. »Kommen Sie rüber zu mir und halten Sie Ihre Hände gut sichtbar nach oben. Knien Sie sich auf den Boden.«

Er folgte meinen Anweisungen widerwillig. Ich hielt ihm die Pistole an den Kopf. Langsam und gut verständlich sagte ich zu ihm: »Jetzt ist der richtige Zeitpunkt gekommen, mir Ihren Auftraggeber zu nennen, sonst drücke ich ab.«

»O.K., wenn Sie mich laufen lassen, sage ich Ihnen den Namen, für mich spielt es so oder so keine Rolle mehr, denn ich werde auf jeden Fall umgelegt ... Der Mann heisst Birchmayer, der Abgeordnete Birchmayer.«

Im selben Moment, als er den Namen aussprach, wollte er mir die Waffe aus der Hand schlagen, aber durch meine blitzartige Reaktion konnte ich dies verhindern, hielt ihm abermals die Pistole an den Kopf und drückte ab, während ich »Das ist für Jennifer« sagte. Sein Körper sackte in sich zusammen und er war augenblicklich tot ...

Mein Besuch bei Erich Kohlbrenner, einem mir bekannten Kommissar, war nun unumgänglich. Mit ihm hatte ich zusammengearbeitet, als wir einen Geldfälscherring ausgehoben hatten.

»Hallo Erich, wie geht's?«

Erich schaute aus einem Berg von Akten zu mir auf und antwortete: »Das wird doch nicht etwa ein Anstandsbesuch sein? Was ist los, Herbert?«

»Im Hotel Minor findest du zwei Leichen im Zimmer 261.«

»Warum muss es denn immer Tote geben, wenn du mal in München weilst.«

»Erich, ich bin da an einer Sache dran, aber es ist noch zu früh, um dir die Zusammenhänge zu erklären.«

»Bitte melde dich, Herbert, wenn du etwas Näheres weisst.«

Kurz darauf rückten zwei Patrouillen aus und fanden die zwei Leichen in dem Hotelzimmer. Dummerweise fanden sie ebenso meine Fingerabdrücke, und Kohlbrenner musste mich auch zur Fahndung ausschreiben, wenn er nicht von seinem Chef getadelt werden wollte. Er glaubte aber keine Sekunde daran, dass ich etwas mit den Morden zu tun haben könnte.

Die Adresse dieses Abgeordneten Birchmayer war schnell gefunden. Er wohnte in einer Villengegend ausserhalb von München. Ein schöner Park umsäumte dieses herrschaftliche Anwesen. Zur Strasse hin versperrte ein grosses Tor den Zutritt. Die Figur, welche meine Lebensversicherung war, hatte ich nicht bei mir. Ich wollte mir Zutritt verschaffen und läutete. Nach einer gewissen Zeit öffnete sich die Tür und ein Mann, gefolgt von zwei Dobermänner-Hunden, näherte sich dem Tor.

»Was wollen Sie?«

»Ich möchte Dr. Birchmayer sprechen.«

Als sich der Wachmann wieder umdrehte, rief ich ihm zu: »Ich komme aus Alexandria.« Er hingegen ging weiter, als habe er nichts gehört, und verschwand wieder im Haus. Ich wartete und im selben Moment läutete mein Handy und ich sah, dass es Kommissar Kohlbrenner war. Kurz angebunden fragte ich: »Was gibt's?«

»Wir haben die Toten gefunden, haben aber auch herausgefunden, dass du auch am Tatort warst. Ich gebe dir den guten Rat, eine Zeitlang unterzutauchen, bis etwas Gras über die Sache gewachsen ist. Unternehme nichts, ohne uns zu informieren.«

»Ich rufe dich an, ich verspreche es dir.«

»Übrigens haben wir einen Mann namens Calzone gefunden. Er hat sich anscheinend in einem kleinen Hotel versteckt gehalten. Scheinbar hatte ihm das nicht viel genützt.«

Ich ahnte Schlimmes.

»Er war derart übel zugerichtet worden, es sah schon fast so aus wie eine Hinrichtung. Als wir da ankamen, bot sich ein grausiges Bild. Er war eigentlich schon tot, nachdem sie ihm einen Lungenschuss verpasst hatten. Unsere Rettungssanitäter konnten ihn in letzter Sekunde zurückholen. Aber wir denken, dass er diese Nacht nicht überleben wird.«

Hatten sie also auch Calzone erwischt.

Die Türe öffnete sich erneut und das Tor wurde mittels Knopfdruckes entriegelt. »Herr Birchmayer wird Sie empfangen.«

Er musste die zwei Hunde festhalten, sodass sie mich nicht anfallen konnten. Der Wachmann bat mich in ein Nebenzimmer und schloss die Türe hinter mir.

Nach einem kurzen Augenblick erschien Birchmayer im Zimmer und begrüsste mich in einer schmierigen Art. Anschliessend befahl er seinem Bodyguard, mich nach Waffen zu durchsuchen. »Er ist sauber«, bestätigte er. Ich bemerkte gleich, dass Birchmayer diplomatisch vorgehen würde, und so hielt ich mich erstmals zurück.

»Sie waren in Alexandria?«

»Ja, zwischendurch halte ich Ausschau nach ägyptischen Skulpturen«, kam ich ihm etwas entgegen. »Sie werden sicher auch ein paar erlesene Stücke haben?«

»Ja, aber nicht zu verkaufen«, betonte er in seiner schmierigen Art.

»Ich hingegen hätte eventuell ein schönes Stück für sie.«

Ich versuchte in Deckung zu bleiben.

»Sie haben ja gar nichts dabei«, bemerkte er, immer noch sehr freundlich und zuvorkommend wirkend. »Ich will ganz ehrlich zu Ihnen sein, ich habe das Interesse gänzlich daran verloren«, log er.

»Dann werden Sie sicherlich nichts dagegen haben, wenn ich eine bestimmte Figur der Polizei übergebe und sagen würde, ich hätte sie gefunden?«

So ganz langsam kam Birchmayer aus seiner Reserve.

»Ich denke, für 25.000 Euro macht es dieser Figur nichts aus, den Besitzer zu wechseln.

»Ah, Sie wollen sie verkaufen?«

»Ja und in jeder Minute, in der Sie nicht einschlagen, wird sie teurer.«

»Aber Herr von Willensdorf, wir werden uns wegen einer solchen Lappalie doch nicht aufhalten lassen.«

Ein typisches Katz-und-Maus-Spiel, wobei ich die besseren Trümpfe in der Hand hielt.

Birchmayer kam ganz langsam aus seiner Reserve.

»Wie Sie ja feststellen mussten, kommt es mir auf einen Mord mehr oder weniger nicht an.«

Jetzt hatte er die Katze aus dem Sack gelassen. »Geben Sie mir die Figur!«, fauchte er, »ich muss sie haben.«

Gänzlich aus der Fassung geraten, befahl er seinem Wachmann: »Paul, nimm ihn dir mal vor. Sie können sicher sein, wenn Paul Sie in die Mangel genommen hat, werden Sie sagen, wo sich die Figur befindet. Paul, fang an.«

Paul nahm seine Pistole fest in den Griff und schlug mir mit dem Schaft mitten ins Gesicht. Es schmerzte höllisch, doch ich verzog keine Miene.

»Sag schon, sag endlich. Ich werde dich fertigmachen, du bist uns lange genug dumm gekommen.«

Unbeirrte sagte ich zu Birchmayer: »Übrigens, den Killer, den Sie auf Jennifer angesetzt haben, habe ich erledigt.«

»Sagen Sie doch nicht etwa, Sie hätten dieses Flittchen geliebt?«

»Ich könnte Ihnen einiges erzählen über Sie.«

»Mach weiter, Paul.« Und Paul wollte soeben zu einem weiteren Schlag ausholen, als ich ihn unterbrach. »O.K. Aufhören, ich kann Ihnen die Figur besorgen, doch wenn Ihren Freund der Finger am Abzug juckt, so muss ich Ihnen sagen, dass, wenn ich meinen Freund nicht alle halbe Stunde anrufe, er die Figur zur Polizei bringt. Wie Sie sehen, habe ich auch noch ein Eisen im Feuer.«

Er kaufte mir den Bluff ab und meinte ganz ruhig und gefasst: »Sie sind ja cleverer, als ich angenommen hatte, von Willensdorf.« Zu

Paul sagte er: »Hör auf, Paul, wir wollen doch nicht, dass ihm etwas passiert.«

Paul musste sich beherrschen, um mir nicht noch eine drüberzubraten.

»Also, mein Freund bringt uns die Figur her, selbstverständlich für 25.000 Euro.«

»Das mit dem Geld können Sie vergessen, der Fall liegt jetzt anders. Sie können froh sein, wenn Sie lebend hier rauskommen.«

»Ich sollte vielleicht jetzt anrufen, sonst ist es zu spät.«

Paul gab mir mein Handy, welches er mir abgenommen hatte, und sagte: »Kein Dummheiten, sonst sind Sie fällig.«

Paul machte es sichtlich Spaß, andere einzuschüchtern. Ich wählte die Nummer des Kommissars Kohlbrenner, wartete aber einen Augenblick, bevor ich die Verbindung zustande kommen liess.

»Ich möchte, dass Sie diesen Schweighofer hierher bestellen.«

Birchmayer schaute mich verdutzt an. »Ohne Schweighofer keine Figur, ist das klar?«

Paul wählte die Nummer von Schweighofer und bestellte ihn hierher. Ich drückte die Verbindungstaste und hatte den Kommissar in der Leitung.

»Hier ist Herbert, bitte bringe die Figur in die Brunaustrasse 28, in einer halben Stunde.«

Ich wiederholte: »Brunaustrasse 28. Jetzt hätte ich gerne ein Zigarette und gegen einen Drink hätte ich auch nichts einzuwenden.«

Er schenkte mir ein, während ich ihn fragte: »Hatte eigentlich dieser Schweighofer Calzone umgelegt?«

»Selbstverständlich, dass war unser Schweighofer, er macht keine halben Sachen.«

»Dann war es auch ihr Schweighofer, welcher erst den Calzone entwischen liess und ihr Schweighofer, der uns ungehindert das Boot besteigen liess, während er Calzone nachjagte. Doch, Sie können stolz auf ihn sein, aber Sie können ihn ja auch gleich selbst fragen, wenn er als nächstes hier aufkreuzt.«

Birchmayer war sehr freundlich, fast zu freundlich für meine Begriffe. Kurz darauf erschien Schweighofer an der Türe.

Unterdessen hatten beim Kommissar die Alarmglocken geläutet und er rief seine Männer zusammen.

»Es sieht so aus, als seien wir auf der Spur der Hotelmörder und ich befürchte, dass sie diesen von Willensdorf auch umlegen werden. Er rief mich gerade an und sagte, ich solle ihm eine Figur in die Brunaustrasse bringen. Weiss jemand etwas davon?«

»Nein«, antworteten die Männer.

»Weiss wenigstens jemand von euch, wer dort wohnt?«

Einer der Polizisten meldete sich. »Ja, es ist das Haus des Abgeordneten Birchmayer.«

Dem Kommissar fuhr es in die Glieder. »Wenn wir da nur keine Schwierigkeiten bekommen. Es ändert nichts, wir müssen ausrücken.«

»Was gibt es, Chef?« Birchmayer lächelte auf seine fiese Art.

»Das hatte mir aber gar nicht gefallen, was mir dieser von Willensdorf über Sie erzählte.«

»Sie haben diesen Calzone und den von Willensdorf entwischen lassen. Nein, das gefällt mir überhaupt nicht.«

Er gab Paul ein Zeichen, welcher zu Schweighofer hinüberging und ihm einen kräftigen Schlag in die Magengegend verpasste. Schweighofer jammerte und krümmte sich in seinem Schmerz. »Ich wollte doch nur ... ich meine«, wimmerte Schweighofer und ehe er weitersprechen konnte, folgte ein weiterer Schlag.

»Paul, legen Sie ihn um, aber draussen, denn ich habe erst neue Teppiche verlegen lassen.«

Paul liess ihn los und Schweighofer jammerte und sass ganz eingefallen auf dem Sofa.

»Wo bleibt die Figur?«, wandte sich Birchmayer wieder an mich.

»Sie müsste jeden Moment da sein«, besänftigte ich ihn. Ich schaute auf meine Uhr und hoffte, dass Kohlbrenner die Situation richtig einschätzen würde.

Unterdessen fuhr der Kommissar mit seinen Leuten in drei Polizeiwagen vor. Der Kommissar befahl ihnen keine Sirenen anzustellen. »Wenn wir da nur keine Schwierigkeiten bekommen«, und sie fuhren geradewegs zu der Nummer 28. Erich hatte viel Erfahrung, denn er stand kurz vor seiner Pensionierung. Er stellte sich alleine vor das Gittertor und seine Männer hatten sich auf die Seite geschlagen. Er läutete und Birchmayer schaute aus dem Fenster und öffnete die Türe. »Ihr Freund ist draussen.«

Der Kommissar wandte sich durch die Öffnung, stand vor dem Haus und die Polizisten blieben in Deckung. Die Türe wurde geöffnet und im selben Moment stürmten die Uniformierten in das Haus und nahmen Paul die Waffe ab.

»Keine Bewegung«, riefen sie in den Raum, in dem mittlerweile alle versammelt waren. »Du kamst gerade rechtzeitig«, sagte ich zu Kohlbrenner, »denn sie wollten mich auch umlegen. Darf ich nun vorstellen?«, sagte ich zu dem Kommissar. Ich zeigte auf Birchmayer. »Der Drahtzieher des Schmugglerrings handelt mit gestohlenen Antiquitäten und ist Auftraggeber der Morde an Calzone, Jennifer Kraft und dem Mann, welchen Sie im Hotelzimmer gefunden hatten. Dieser Mann nennt sich Paul und ist die rechte Hand von Birchmayer und ein Mitwisser. Und das ist unser besonderes Früchtchen. Schweighofer, er hatte die Morde ausgeführt und war der Mitorganisator des ganzen Unternehmens.«

Birchmayer mimte den Unschuldigen. »Schweighofer hatte auf eigene Faust gehandelt. Ich war ganz friedlich hier zu Hause, als dieser Wahnsinnige (er zeigte auf mich) hereinstürmte und mich bedrohte.«

»Und Paul hatte die Waffe in der Hand und zugesehen?«, meinte der Kommissar. »Ich bitte Sie nun, ihren Tresor zu öffnen.«

»Nicht ohne Durchsuchungsbefehl«, sagte Birchmayer.

»Den habe ich hier«, gab Erich zurück.

Im Tresor befanden sich etliche ägyptische Kostbarkeiten.

»Ich nehme an, dass diese Stücke alle in Kairo gestohlen wurden«, sagte ich.

»Die Pistole von Schweighofer werden wir in die Ballistik geben und das Jagdgewehr auf dem gegenüberliegenden Haus des Hotels Minor haben wir auch gefunden. Herr Birchmayer, Sie sind vorläufig festgenommen ...«

»Ich wusste von Anfang an, dass es nicht klappen würde«, schrie Schweighofer. »Alles nur wegen Ihrer Habgier, Birchmayer. Sie konnten den Hals nicht voll genug kriegen. Er ist an allem schuld«, beteuerte Schweighofer. »Wenn ich in den Knast muss, dann Sie auch. Ich werde gegen Sie aussagen, das schwöre ich Ihnen, Sie Schwein. Sie hängen mit, Birchmayer.«

Der Kommissar wandte sich an mich, als die Verhafteten draussen waren. »Herbert, du willst doch nicht etwa behaupten, dass sich dieser Mann im Hotel selbst umgebracht hat? Wie war das? Nein, nein, ich will es gar nicht so genau wissen, Herbert.«

»Ich werde dir noch eine ägyptische Figur geben, die du dazulegen kannst.«

»Übrigens hat es Calzone überlebt, er ist über den Berg. Für einen der schon tot war, ist er schon wieder gut beieinander.«

Ich stand am Spitalbett von Calzone. Er wirkte schwach und konnte kaum sprechen.

»Wie geht's, Calzone?«

»Ja, es geht einigermassen«, flüsterte er schwach zu mir. »Haben Sie die Täter erwischt?«

»Ja, Calzone, wir haben alle.«

»Dann hat sich mein Einsatz ja gelohnt.«

»Ohne Sie hätte ich es nicht geschafft.« Ich lächelte zu Calzone hinüber ... »Ich denke, Sie haben eine wirkliche Auferstehung erlebt, Calzone.«

Ich verliess das Zimmer und schloss die Türe hinter mir.

»Das meine lieben Studenten und Studentinnen war die Geschichte, wie sie sich damals zugetragen hatte. Ich hoffe, ich habe Sie nicht allzu sehr gelangweilt und wenn ich zwischendurch etwas lauter gesprochen habe, dann nur um den einen oder anderen aus seinem Schlaf zu reissen. Ich hoffe Ihnen wieder einmal einen meiner kuriosen Fälle näherbringen zu können. Ich wünsche Ihnen eine gute Zeit, Ihr Herbert von Willensdorf.«

Die Wahrheit und nichts als die Wahrheit

Der Raum war lichtdurchflutet und die weiss gefliesten Wände reflektierten das Licht, während Frau Dr. Elsa Blomquist einer 55-jährigen weiblichen Leiche mit viel Schwung den Brustkorb zersägte. Kein Laut war zu hören, ausser dem knackenden Geräusch berstender Knochen. Sie brauchte nicht lange, um festzustellen, dass diese Frau eines natürlichen Todes gestorben war. Ein klassischer Herztod war ihr Befund, und sie schob die Tote wieder ins Kühlregal zurück. Elsa Blomquist war eine 34-jährige attraktive Frau, mit den für Schweden üblichen blonden Haaren. Bereits zwei Jahre arbeitete sie nun schon in der Gerichtsmedizin in Göteborg und auf Grund ihrer langen Erfahrung war es ihr möglich, so manchen Mord aufzuklären. Gedankenversunken sass sie an ihrem Schreibtisch, als Kommissar Nils Johannson den Raum betrat.

»Na, Frau Doktor«, sprach er zu ihr, und sie hob ihren Kopf für einen Moment, um sich dann wieder ihrem Bericht zu widmen.

»Herr Johannson, was treibt Sie zu mir?«

»Wir haben einen Mann reinbekommen, welcher mit Sicherheit nicht eines natürliches Todes gestorben ist. Ich möchte Ihnen natürlich nicht vorgreifen, ich möchte lediglich, dass Sie den Toten einmal ansehen.«

Kurze Zeit später wurde er von einem Assistenten in die Kühle des Raumes geschoben. Die Räumlichkeiten wirkten auf Johannson immer etwas unheimlich und er war froh, wenn er ihn nach kurzer Zeit wieder verlassen konnte. Frau Dr. Blomquist überflog den Leichnam kurz, betrachtete den Kopf und wollte bereits zu einer Diagnose ansetzen, als der Kommissar sie unterbrach: »Sagen Sie jetzt nicht, der Mann wurde mit einem stumpfen Gegenstand erschlagen.«

Elsa wartete einen Augenblick und sagte dann zu dem Kommissar: »Dieser Mann wurde offensichtlich mit einem stumpfen Gegenstand erschlagen, alles andere später.«

Kommissar Johannson war ein grosser, etwas schlaksiger Mann mit hellbraunen welligen Haaren und ausgeprägt buschigen Augenbrauen. Er war einfach gekleidet und trug aus Überzeugung nie eine Krawatte.

»Wann kann ich den Bericht haben? Es eilt«, unterstrich er seine Frage, »denn die Spuren werden immer sehr schnell kalt.«
»Bei Ihnen eilt es doch immer.«
»Ja, da haben Sie recht.«
»Ich nehme mir den Mann am Nachmittag vor und heute Abend werde ich Ihnen den Bericht bereits vorbeibringen können.«
Nils Johannson empfand mehr als Zuneigung zu dieser Frau, doch sie war nicht bereit, seine Zuneigung zu erwidern, da sie, wie er aus sicherer Quelle erfahren hatte, verheiratet war und scheinbar glücklich, wie es hieß. Nils liess es sich nicht anmerken, aber diese Frau hatte es ihm angetan. Oft hatte er Wachträume und stellte sich ihren straffen, wohlgeformten Körper vor.

Sein Büro war gut besetzt, hauptsächlich mit Leuten, welche mit Schreibkram beschäftigt waren. Wie hasste Nils diese administrativen Arbeiten, denn alles und jedes musste protokolliert werden, ein Schreibkram ohne Ende.

Als Nils aus seinem Fenster schaute, versuchte er seine Gedanken zu ordnen und das Geschehene zusammenzufassen, als Elsa an seinen Tisch trat. Sie hatte ihren weissen Kittel bereits abgelegt und trug ein kurzes Röckchen, welches ihre langen Beine gut zur Geltung brachten. Elsa genoss es offensichtlich, dass Nils seine Blicke nicht von ihr lassen konnte.

»Hier ist Ihr Bericht«, welchen sie fein säuberlich verfasst hatte, weil sie wusste, dass der Kommissar äussersten Wert darauf legte.

»Was haben Sie denn da?«, obwohl er wusste, dass es der Bericht war, auf den er gewartet hatte.

»Der Mann«, begann sie, »war bei bester Gesundheit und hatte ganz normale Blutwerte. Er wurde anscheinend mit einem Holzbalken oder etwas Ähnlichem erschlagen. Wir haben ›Holzsplitter‹ an seinem Kopf gefunden. Er starb an einem Schädelbruch, wobei der Tod kurze Zeit später eingetreten ist.«

»Er hatte also noch eine Zeitlang gelebt?«

»Ja, Herr Kommissar.«
Nils hatte es nicht gerne, wenn Elsa ihn nur »Herr Kommissar« nannte.
»Wissen Sie, um wen es sich bei dem Toten handelt?«
»Ja, der Mann hiess Elias Lindberg und er wurde gerade mal 42 Jahre alt. Er stammte aus ›Jöngköping‹, wurde aber in Nolvik, nahe der Küste, gefunden. Alles Weitere werden unsere Ermittlungen ergeben«, sagte er zu Elsa.

Die Vorgeschichte dieses Verbrechens begann als ich in Nolvik ein Ferienhaus mieten wollte und bei den Nachbarn, einer gewissen Familie »Berglund«, den Schlüssel für dieses schöne Haus holen wollte. Beide Häuser waren mit Seeblick, ein wunderschönes Fleckchen Erde. Ich kam eben aus San Francisco zurück, nachdem ich wieder einmal eines dieser abscheulichen Verbrechen lösen konnte. Der Tod dieses Bademeisters, welcher von seinem Mörder ertränkt wurde, ging mir schon ziemlich nahe und so beschloss ich, fernab von »Verbrechen« in diesem wunderschönen Schweden Ferien zu machen. Mein Ferienhaus war in einer traditionellen dunkelvioletten Farbe gehalten. Als ich mich dem Haus näherte, rief mir die Nachbarin, Frau Berglund, zu: »Sie sind sicher der neue Mieter, Herr von Willensdorf. Kommen Sie rüber zu uns«, forderte sie mit einer freundlichen Art.
Ich setzte mich auf ihre Veranda auf einen Korbstuhl und sie schenkte mir einen »Julglögg«, einen Schwedenpunsch, ein. Der Abend war schon reichlich kühl, obwohl es erst Ende August war und die Sonne noch ziemlich hoch stand.
Der Blick auf das glasklare Wasser war unbeschreiblich, und ich freute mich darauf, in dem Liegestuhl zu liegen und den vorbeiziehenden Wolken zuzusehen. Ich wollte an alles nur nicht an »Mord« denken. Nur ausspannen und geniessen.
Eben gerade gesellte sich Herr Berglund zu uns und begrüsste uns mit einer frischen Herzlichkeit. »Sie sind der neue Mieter?«

»Ja.«
»Sie haben es gut getroffen. Wenn Sie wollen und Sie die schwedische Küche mögen, so können Sie ab und zu uns zum Essen kommen.«
Ich fühlte mich gleich geborgen, und es war so angenehm, um diese Jahreszeit nicht von Mückenschwärmen belagert zu werden, welche die Badegäste unten am Wasser in die Flucht schlugen.
Der »Midsommardagen« war ja bereits im Juni und die rauen Strände waren überfüllt von Touristen. So hatte ich Ruhe, würde Spaziergänge machen können und auch wieder einmal ein gutes Buch lesen. Als wir so beieinander sassen und ich es vermied über einen meiner Fälle zu sprechen, fuhr ein Auto mit ziemlicher Geschwindigkeit die Strasse hoch.
Die Berglunds erkannten das Auto, denn es war weit und breit das einzige, welches diese blaue Farbe hatte.
»Es ist ein Bekannter von uns, es ist Simon Larsson, ein echter Kommissar aus Göteborg.«
Der Wagen hielt vor dem Hause Berglunds und Simon sprang aus dem Wagen.
»Hallo Simon«, wurde er freundlich begrüsst. »Machst du ein Autorennen?«
»Guten Tag«, sagte ich zu ihm.
»Guten Tag, Herr …?«
»Herr von Willensdorf«, sagte ich zu ihm und lauschte seinen Erzählungen.
»Wir haben einen Toten gefunden hier in Nolvik. Er lag draussen in der Nähe des kleinen Waldes, auf dem Weg, welcher gerade zum Wasser führt.«
Der Kommissar ärgerte sich, dass so etwas sich gerade in seinem Bezirk, Nolvik, ereignen musste.
»Wir wissen noch nichts Genaueres, nur dass es sich, aufgrund seines Ausweises, um einen Mann namens Elias Lindberg handelte.«
»Wie war doch gerade Ihr Name?«, und er schaute mich an.

»Von Willensdorf ist mein Name und ich mache hier Ferien!«
»Aber Sie sind doch?«
»Nein, nein, Sie irren sich.«
»Sie sind doch dieser Kriminalist, welcher den Doppelmord an den zwei Zirkusartisten in Frankreich gelöst hatte. Ich habe es in der Zeitung gelesen. Ja genau, von Willensdorf hieß der Mann.«
»Die Sache wurde von den Medien aufgebauscht. Ich habe nur Glück gehabt und konnte den Täter wegen seines ostfriesischen Dialektes überführen, aber dies hätte wohl jeder andere auch gekonnt.«
»Nur nicht so bescheiden, Herr von Willensdorf.«
»Ja, wenn Sie in den Ferien weilen hat es sicher keinen Zweck, Sie zu fragen, ob Sie sich diesen Mann einmal ansehen würden? Wir stehen nämlich noch ganz am Anfang und dies wird höchstwahrscheinlich auch so bleiben.
»O.K., Herr Larsson, ich komme mit und vielleicht kann ich Ihnen ja etwas weiterhelfen.«
»Wir müssten aber gleich dorthin, denn wir haben ihn vorerst da liegen lassen.«
»Wie lange liegt er denn schon dort?«, wollte ich von dem Kommissar wissen.
»Etwa zwei Stunden. Wir werden ihn anschliessend in die forensische Abteilung nach Göteborg bringen.«
Die Fahrt bis zum Fundort war holprig und unbequem, aber nach kurzer Zeit waren wir da.
»Da liegt er«, sagte Larsson zu mir und ging zu dem Toten hin, welcher auf dem Bauch lag und deutlich an seinem Hinterkopf eine klaffende Wunde hatte. »Was denken Sie, was das ist?«, fragte Larsson.
»Er hat einen kräftigen Schlag auf seinen Kopf bekommen. Und was fällt Ihnen weiter auf?«
»Nichts«, antwortete Larsson.
»Die Schuhe, welche er trägt, passen nicht zu seiner übrigen Kleidung. Mit solchen Schuhen macht man keine Wanderungen.«

»Was schliessen Sie daraus?«, fragte mich Larsson.

»Er war mit Sicherheit nicht zu Fuss hierhergekommen. Seine Kleidung ist nass und so hatte er eine Zeitlang im Wasser gelegen und das im Salzwasser, man sieht es an den kleinen Verkrustungen, welche aber schon eingetrocknet sind. Was hatte der Mann alles bei sich getragen?«, fragte ich Larsson.

»Nur seinen Ausweis und eine Brieftasche mit 80 Kronen drin.«

»Im Moment kann ich Ihnen nicht mehr dazu sagen. Ich denke, Sie können ihn jetzt abtransportieren.«

»Ich werde dieser Sache nachgehen.«

Die drei Kilometer bis zu meinem Ferienhaus legte ich zu Fuss zurück, währenddessen ich mir Gedanken machen konnte, unter welchen Umständen dieser Mann zu Tode gekommen ist.

Abends grillte ich mir den Fisch, den ich unten im Geschäft gekauft hatte, über dem offenen Feuer und trank einen einheimischen Wein dazu, welcher etwas sauer schmeckte. Die Flammen züngelten und warfen die skurrilsten Schatten an meine Hauswand. Wie kam dieser Mann in das Wasser? Und wie wurde er dorthin gebracht? Es war immer noch einigermassen hell, obwohl es schon spät war, und ich schlief auf meinem Sessel ein.

Als ich morgens auf dem Weg zur Küste war, fand ich ein kleines, nettes Café, in dem ich meinen Kaffee und mein Kanelbullar geniessen konnte. Ich liebte dieses typische schwedische Gebäck. Die Bedienung war sehr zuvorkommend. Ein junger Mann kümmerte sich um die wenigen Gäste, die es in der Nachsaison noch gab.

Ich fragte diesen Mann, wo sich in der Nähe eine Bootsvermietung befände.

»Bei Nolviks Kile«, antwortete er, und er glaubte zu wissen, dass diese bis Anfang September noch Boote vermieten würden.

Ich mietete mir ein Fahrrad und fuhr nach Nolviks Kile hinaus. Ich war mir nicht sicher, dass es mich weiterbringen würde, aber ich musste es versuchen. Ein langer Bootssteg führte bis zum Wasser hinunter und ganz am Ende befand sich die Bootsvermietung. Es war ein kleiner Schuppen mit etwa fünf Booten, welche mit den Wellenbewegungen hin- und herschaukelten.

»Hallo, ich bin Wilmer«, rief mir der Mann entgegen, als ich mich ihm näherte.

»Herbert.«

Die Stimmung war äusserst vertraut.

»Ich wollte dich fragen, ob gestern jemand bei dir ein Segelboot gemietet hat?«

»Ja, ich erinnere mich genau, dass gestern zwei Männer ein Segelboot mieteten. Sie sagten, sie bräuchten es für etwa drei Stunden. Bei der Rückkehr war nur noch einer an Bord, was mir ziemlich seltsam vorkam, worauf ich ihn auch ansprach. Aber er sagte nur, den habe ich unterwegs abgesetzt.«

»Wie sahen diese Männer aus?«

»Ganz normal, das Einzige, was mir aufgefallen ist, war, dass einer der beiden ganz leichte Schlupfschuhe getragen hatte, sonst waren diese zwei ganz normal gekleidet. Ich wusste ja nicht, dass es von Wichtigkeit sein könnte, sonst hätte ich mir die beiden besser eingeprägt.«

»Nein, nein, Wilmer, du hast alles richtig gemacht.«

»Bist du von der Polizei?«, fragte mich Wilmer.

»Nein, und du kannst deinen Joint ruhig zu Ende rauchen, welchen du hinter deinem Rücken versteckt hältst. Ich bin hier in den Ferien«, sagte ich noch kurz, ehe ich mich verabschiedete.

Ich schwang mich auf mein Fahrrad und fuhr zurück. Der eine mit den leichten Schuhen, hätte Elias Lindberg sein können, aber das war natürlich reine Spekulation.

Der Kommissar kam gerade aus seinem Büro und fragte mich als Erstes: »Was haben Sie bereits in Erfahrung bringen können?«

»Nicht viel. Sie sagten mir doch, dass dieser Mann Elias Lindberg hiess? Und können Sie mir sagen, aus welcher Gegend er stammte?«

»Aus Jöngköping.«
»Können Sie mir die Adresse geben?«, fragte ich ihn.
»Selbstverständlich«, entgegnete er, und übrigens freue ich mich, dass wir zusammen arbeiten können.«
Ich mietete mir noch am selben Tag einen Wagen, selbstverständlich einen Volvo, und fuhr nach Jöngköping. Eine moderne Stadt erwartete mich und im Gegensatz zum Lande waren hier die meisten Häuser grau. Eine Grossstadt, wie sie überall vorkommt.
An der Jömansgatan 22 fand ich die Adresse und auf einem kleinen Schild stand sein Name an der Klingel dieses zweistöckigen Hauses. Ich drückte an sämtlichen Klingeln und nach ein paar Sekunden wurde mir aufgemacht. Ich wusste nicht wer, aber ich ging hinein, und schon bald hörte ich es rufen: »Wer ist da?«
»Ich muss zu Herrn Lindberg«, antwortete ich.
»Der ist nicht da! Er hat gestern Morgen das Haus verlassen.«
Es war mir aufgefallen, wie viele Leute viel mitbekommen, wenn sie gar nichts mitbekommen sollen.
Als im Treppenhaus alles wieder ruhig war, verschaffte ich mir mittels eines Dietrichs Zugang zu dieser Wohnung im ersten Stock. Die Wohnung glich einer typischen Junggesellenwohnung. Überall lagen Wäschestücke herum, Weinflaschen waren auf der Küchenablage deponiert, Aschenbecher, welche nicht geleert wurden, waren überall zu finden. Ich schaute mich genau um, aber das Einzige, neben zahlreichen Papieren und Zetteln, waren Lohnauszüge einer Immobilienfirma, welche in Jöngköping eine Niederlassung hatte. Der Auszug war auf den Namen Elias Lindberg ausgestellt und der Briefkopf lautete: Olinvor Immobilien. Es war nur ein kleiner Hinweis, aber es war auch der Einzige. Ich steckte den Brief ein und sowie es im Hausflur ruhig war, ging ich eilends hinaus.
Die Zeit verging wie im Fluge und es war schon 4 Uhr vorbei, als ich vor dem riesigen Gebäude dieses Immobilien-Imperiums stand. Die Firma bot Häuser und Ferienwohnungen von Küste zu Küste an.

Als ich vor dem Auskunftsschalter stand, fragte mich eine bildhübsche Dame. »Was wünschen Sie, bitte?«

»Ich interessiere mich für ein Ferienhaus für den ganzen nächsten Sommer und ich möchte von Herrn Lindberg bedient werden.«

Sie schaute im Computer nach. »Herr Lindberg ist nicht abkömmlich«, meinte die Frau, die den schönen Namen Astrid trug. »Ich müsste Sie an eine Berufskollegen verweisen, wenn Ihnen dies auch recht ist?«

»Wenn Sie einmal mit mir ausgehen, ist mir alles recht«, gab ich zur Antwort, wobei sie ganz leicht errötete.

»Ja und dann sagen meine Freunde: ›Ah, bist du mit deinem Vater unterwegs?‹«

Dabei war der Altersunterschied höchstens zehn Jahre.

»Sein Name ist Björn Magnusson und er arbeitet hier im Hause. Büro 25, vierter Stock.«

»Danke Astrid.«

Ich fuhr mit dem Fahrstuhl in den vierten Stock und suchte anschliessend das Büro von Magnusson. Ein kleines rotes Lämpchen leuchtete, was zu erkennen gab, dass ich warten musste. Erst nach etwas zehn Minuten schaltete es auf grün und ich konnte eintreten.

»Herr Magnusson?«, sagte ich zu dem etwa 40-Jährigen, welcher hinter einer bunten Krawatte versteckt war. Er wirkte sehr förmlich, was aber bei mir keinen besonderen Eindruck hinterliess.

»Wünschen Sie eine Wohnung oder ein Ferienhaus?«

»Nein, ich wünsche Herrn Lindberg zu sprechen.«

»Ich kenne keinen dieses Namens«, antwortete er und vergrub sein Gesicht in eines dieser Reiseprospekte, welche bei ihm auf dem Tisch lagen.

»So, Sie kennen ihn nicht und warum hatte er mich dann beauftragt, Ihnen das Geld zu bringen, welches er Ihnen noch schuldet«, log ich.

»Welches Geld? Er schuldet mir kein Geld.«

»Ich frage Sie jetzt noch einmal, wo ist er?«

»Er wird in seiner Stammkneipe sein, was weiss ich. Es ist das Hemma-Restaurant.«

»Ich denke, dass wir nicht das letzte Mal miteinander gesprochen haben.«

Magnusson wurde ernst und bat mich, ihn zu entschuldigen.

Das Restaurant Hemma lag nahe der Küste und bot eine reichliche Auswahl an schwedischen Gerichten. Einige Jugendliche spielten im Nebenraum Billard und tranken Bier, welches in Schweden ungemein teuer war. Ich ging hinein und fragte in die Runde: »Hat jemand von euch Elias Lindberg gesehen?«

Ein junger Mann meldete sich mit den Worten: »Was wollen Sie von ihm? Sind Sie von der Polizei? Das fehlte noch.«

»Nein, ich wollte ihm nur etwas geben, was ihm gehört«, gaukelte ich vor.

»Ich denke, er wird sich in nächster Zeit nicht mehr blicken lassen, denn es hatte schon ein anderer Mann nach ihm gefragt und mit dem war nicht zu spassen, denn er wollte die Informationen aus mir herausprügeln, doch ich weiss doch auch nicht, wo er steckt. Elias hatte vor ein paar Tagen gesagt, er müsse untertauchen, und es war mir aufgefallen, dass er bündelweise Banknoten bei sich hatte.«

Ich gab ihm meine Handynummer und sagte ihm, er solle mich bitte anrufen, falls dieser Mann wieder auftauchen sollte. Ich ass mein Köttbullar und liess mir das Elchburger so richtig schmecken. Ich werde es nie begreifen, warum es so vielen Leuten eine solche Freude bereitet, Rasen zu mähen. Wenn es nicht in Form einer Klausel in meinem Vertrag stehen würde, würde ich mich keinen Deut darum kümmern.

Später lag ich in meinem Liegestuhl und winkte meinen Nachbarn zu, welche auch die meiste Zeit im Freien verbrachten. Tagsüber war es etwa 16 Grad und die Sonne wärmte mich ein wenig, während ich meinen Wodka schlürfte und ein wohliges Gefühl verspürte. Ich dachte, dass dieser Magnusson einer meiner Schlüsselfiguren war, und ich dachte, dass nur er mich weiterbringen könnte.

Liebe Leserinnen und Leser, nachdem Sie sich in dem wunderschönen Schweden etwas eingelebt haben, können Sie sich nun etwas zurücklehnen und die weitere Entwicklung dieses verworrenen Falles weiter mitverfolgen ...

Magnusson hatte seinen Segelschein schon vor Jahren gemacht und war sozusagen jedes Wochenende mit seinem Boot auf den Fjorden unterwegs. Meistens mit irgendwelchen Frauen, zu denen er aber nur oberflächliche Beziehungen pflegte. Er dachte gar nicht daran, sich zu binden. Er hatte einen guten Job, verdiente gut mit seinen Immobilienvermittlungen und sah sogar ganz passabel aus. Oft hatten Lindberg und Magnusson Segeltouren unternommen, obwohl Lindberg eine starke Neigung zur Seekrankheit hatte. Irgendwie war dieser Magnusson aalglatt und ich sah keine Möglichkeit, an ihn heranzukommen. Die einzige Möglichkeit führte über eine seiner Bekanntschaften, so würde er einen Draht zu ihm finden. Also wartete ich eines Abends an der Anlegestelle auf sein Eintreffen. Nachdem ich schon einige Zeit gewartet hatte, sah ich ihn in Begleitung, wie er anlegte und sein Segel einholte. Ich stand im Schatten eines Baumes, sodass sie mich nicht sehen konnten. Wie ein Liebespaar hatten sich die beiden verhalten und schlenderten den Steg entlang, um in der nahegelegenen Bar einen Champagner-Cocktail zu trinken. Endlos fröstelte ich draussen in meinem Wagen in der kalten Abendluft.

Vom Meer her wehte eine kalte Brise. Nach etwa zwei Stunden kamen die beiden wieder heraus und setzten sich in seinen Wagen, welcher vor dem Haus geparkt war, und fuhren in ziemlichem Tempo davon. Ich hatte die grösste Mühe, ihnen zu folgen. Nach etwa einer Stunde Fahrtzeit setzte Magnusson seine Freundin, ich nehme an, bei ihr zu Hause, ab und nachdem ich feststellen konnte, dass sie eine Auseinandersetzung hatten, fuhr er davon. Ich wollte diese Frau so spät nicht stören und fuhr zurück zu meinem Ferienhaus. Jetzt war ich schon eine Woche hier, aber von ausgedehnten Spaziergängen oder von Ausruhen war keine Rede. Ich war schon wieder in einen Mordfall verwickelt, welcher mein Interesse weckte. Ich werde mich an die Freundin von Magnusson halten müssen, um etwas zu erfahren.

Schon lange hatte ich nicht mehr so gut geschlafen, wachte aber schon um 6 Uhr auf und setzte mich, ohne einen Kaffee getrunken zu haben, an das Steuer meines Mietwagens und fuhr nach Jöngköping, um dieser Frau einen Besuch abstatten zu können. Als ich mich dem Haus näherte, wimmelte es nur so von Polizisten und nur mit Hilfe einer Absperrung war es möglich, die Schaulustigen fernzuhalten. Ich stellte mich auch hinter die Absperrung, bis ich Kommissar Larsson sah, wie er sich an der Eingangstüre zu schaffen machte. Ich rief ihm zu: »Simon, kann ich Sie sprechen?«

Der Kommissar erblickte mich und gab seinen Leuten die Anweisung mich durchzulassen.

»Was ist passiert?«, wollte ich von ihm wissen.

»Ein tragischer Fall, wir haben vor gut einer Stunde eine Frau tot aufgefunden, sie wurde mit einer kleinkalibrigen Waffe mit zwei Schüssen niedergestreckt. Einer davon war tödlich. Unsere Gerichtsmedizinerin ist auch schon vor Ort. Was machen Sie denn hier, Herbert?«

»Rein zufällig. Ich wollte einem Mitarbeiter von Lindberg ein paar Fragen stellen.«

Ich musste ihm diese Antwort geben, sonst hätte ich noch weitere unzählige Fragen beantworten müssen. Zweifelsfrei war die Tote die Freundin von Magnusson gewesen. Ich wollte Magnusson wirklich einen Besuch abstatten und konnte dabei die Polizei nicht gebrauchen.

Magnusson war schon in seinem Büro und das rote Licht leuchtete so intensiv, als wolle er überhaupt nicht mehr öffnen. Dieses Mal wartete ich nicht mehr draussen, sondern ging auf direktem Wege hinein.

Und er erschrak und fauchte mich an, während er seine Krawatte zurecht rückte: »Können Sie nicht draussen warten?«

»Wo waren Sie letzte Nacht, nachdem Sie Ihre Begleiterin zuhause abgesetzt hatten?«

»Was geht Sie das an? Wer sind Sie überhaupt?«

»Mein Name ist von Willensdorf und ich frage Sie jetzt zum letzten Mal: Wo waren Sie letzte Nacht?«

»Ich glaube, es wird das Beste sein, wenn ich das Wachpersonal rufe.«

Er wollte gerade den Hörer abnehmen, als ich seine Krawatte zu fassen kriegte und ihn ganz langsam zu mir hinzog und zu ihm sagte: »Das lassen Sie schön bleiben, sonst drehe ich Ihnen die Krawatte zu.«

Endlich fing er an zu erzählen: »Ich war zu Hause.«

»Selbstverständlich alleine?!«

»Ja, alleine.«

»Keine Anrufe, keine Nachbarn, welche Sie gesehen haben?«

»Nein, niemand«, sagte er wieder einigermassen gefasst.

»Das sieht schlecht aus für Sie«, brachte ich ihm schonend bei. »Die Polizei wird sich noch eingehend mit Ihnen beschäftigen, darauf können Sie Gift nehmen. Wenn Sie mir einige Fragen beantworten, versuche ich die Polizei noch etwas hinzuhalten. Ich will wissen, was Sie und Lindberg für ein Ding gedreht haben?«

»Versprechen Sie mir, dass die Polizei mich in Ruhe lässt, wenn ich Ihnen die Wahrheit erzähle? Lindberg war in eine Sache verwickelt. Es handelte sich um Immobilien und mir schien, dass er auf eigene Rechnung gehandelt hat. Genaueres weiß ich nicht.«

Obwohl ich ihm nicht glaubte, ließ ich ihn los und verliess wortlos das Zimmer. Es gab nur noch eine Möglichkeit, die Wahrheit herauszufinden. Ich musste jemanden bei Magnusson einschleusen, welcher Interesse an Immobilien bekunden würde. Ich musste herausfinden, ob dieser Magnusson auch an diesen krummen Geschäften beteiligt war.

An diesem Abend hatte ich das Bedürfnis, nicht allein sein zu wollen, und nahm das Angebot meiner Nachbarn an, mit ihnen zu essen. Wir sassen in ihrem Wintergarten und ich musste andauernd ablehnen, da Frau Berglund immer weiter auftischte. Das Essen schmeckte köstlich. Herr Berglund verfügte über einen exzellenten Weinkeller, mit Weinen aus Frankreich und Spanien bestückt, und es wurde an diesem Abend die eine oder andere Flasche aufgemacht. Frau Berglund war mit dem Abwasch beschäftigt und so konnte ich mich mit Herrn Berglund, welcher auch Immobilienhändler war, unterhalten.

»Möchten Sie noch einen Grappa?«, fragte er mich, den ich aber dankend ablehnen musste.

»Sie sind doch auch Immobilienhändler?«

»Ja, ich habe Ihnen ja dieses Haus vermittelt.«

Ich musste vorsichtig vorgehen, um ihn nicht zu brüskieren.

»Falls Sie Geschäfte, die nicht ganz legal wären, tätigen würden, was für Möglichkeiten gebe es da?«

»Sie gefallen mir, Herbert, Sie wollen doch nicht etwa …?«

»Nein, nein«, entgegnete ich, »nein, wirklich im Ernst, was wäre da möglich?«

Berglund überlegte einen Moment und sagte dann: »Man könnte ein Haus, welches nicht eingeschätzt wurde, was ja nicht zwingend ist, viel zu teuer verkaufen. Oder man könnte mit fingierten Handwerkerrechnungen Arbeiten ausweisen, welche gar nicht getätigt wurden. Oder ein Haus über einen Strohmann kaufen und es in bar bezahlen, etwa mit Drogengeld, um es damit reinzuwaschen. Man würde es später mit Gewinn wieder weiterverkaufen.«

»Wie wäre es, wenn ich ein Haus zum Kauf anbieten würde, welches mir gar nicht gehört, und von sämtlichen Interessenten einen Vorschuss verlangen würde, sozusagen als Vorkaufsrecht mit gefälschten Verträgen.«

»Sie sind ja ein richtiger Profi, von Willensdorf. Ja, das wäre möglich, aber die Sache hat einen Haken. Sie würde nach kurzer Zeit auffliegen.«

»Ich habe es mir folgendermassen vorgestellt, natürlich rein hypothetisch. Angenommen ein Mann, wir nennen ihn Mister X, würde nach leerstehenden Häusern Ausschau halten und seine Informationen weitergeben, zum Beispiel an Magnusson. Dieser Magnusson fungiere als Verkäufer und würde jeweils wegen der grossen Nachfrage eine

Anzahlung mit Vorkaufsrecht verlangen. Dieser Mister X würde als Besitzer dieser Häuser auftreten, um dem ganzen Rahmen eine gewisse Förmlichkeit zu verleihen. Was sagen Sie nun, Berglund?«

»Sagen Sie Linus zu mir. Das haben Sie gut durchdacht, Herbert, aber es ist eben nur eine Hypothese. Wer ist übrigens dieser Magnusson?«, fragte Linus.

»Er handelt auch mit Immobilien, könnte es sein, dass Sie ihn kennen?«

»Doch, ich glaube, dass ich ihn kenne, denn ich habe ihn an einer Immobilientagung in Göteborg kennengelernt und kurz mit ihm gesprochen.«

»Ja, die Welt ist klein«, waren meine Worte, als ich mich von ihm verabschiedete. »Ich danke für das gute Essen und die interessanten Gespräche.«

Ich wandte mich meinem Ferienhaus zu und sass später noch einige Zeit in meiner Küche, denn ich wollte das Gesagte noch verarbeiten. Unzählige Fragen drängten sich auf. Zum Beispiel: Wer war der zweite Mann in diesem Segelboot? Und warum mussten Lindberg und die Freundin von Magnusson sterben. Was hatte sie mit der ganzen Sache zu tun? Ich fand keine Antworten mehr an diesem Abend, denn ich war müde und der gute Rotwein hatte mir auch ziemlich zugesetzt. Schon frühmorgens versuchte ich, mir einen Kaffee zuzubereiten, was mir einigermassen gelang. Anschliessend machte ich mich auf den Weg zu dem kleinen Büdchen oben bei der Strasse und wollte mir eine Tageszeitung kaufen. Ich ging wieder zum Haus zurück und setzte mich auf die Veranda und deckte mich mit einer Wolldecke zu, während ich die Rubriken »Villen An- und Verkauf« studierte. Die billigen Häuser überflog ich und konzentrierte mich mehr auf Häuser und Villen im 1,5-Millionen-Bereich. Und vor allem interessierten mich Häuser, welche nicht über offizielle Agenturen vermittelt wurden. Drei Angebote kreuzte ich an, setzte mich an das Telefon und versuchte den Verkäufer zu erreichen. Ich verstellte meine Stimme und meldete mich unter dem Namen Bjarnason.

»Guten Tag, ich habe Ihre Anzeige gelesen und würde mich für dieses Objekt interessieren.«

Er nannte mir die Adresse, und Herr Henderson, wie er sich nannte, verabschiedete sich freundlich von mir.

25 Minuten fuhr ich mit dem Auto, bis ich an dieser mir genannten Strasse angelangt war. Ich liess mir viel Zeit, um nicht als Erster da zu sein. Etwas abseits wartete ich auf das Eintreffen des Händlers und versteckte mich hinter einem grossen Busch. Pünktlich erschien der Makler und meine Enttäuschung war gross, als es nicht der Erwartete war. Ich ging zu diesem mir gänzlich unbekannten Mann hin und konnte ihm nach kurzer Zeit klarmachen, dass ich an diesem Hause nicht interessiert war. Die zweite Verabredung war etwas weiter entfernt, aber der Weg dorthin war traumhaft schön. Schmale Strassen führten an der Küste entlang und schwangen sich hinauf, bis zu einer erhöhten Ebene, von der man einen wunderbaren Ausblick hatte, über Felder und saftige Blumenwiesen. Schon gut zwei Stunden war ich unterwegs gewesen, aber die Fahrt hatte sich gelohnt. Das letzte Stück ging ich zu Fuss und platzierte mich geschützt von einem kleinen Erdwall. Das Haus konnte ich von da aus sehr gut beobachten und ich wartete 15 Minuten, bis ich ein Auto die gewundene Strasse hinaufkommen sah. Zwei Männer stiegen aus dem Fahrzeug und bewegten sich auf der Seite des Haupteingangs dem Haus zu. Der eine war Magnusson, der sich mittels eines Dietrichs an der Türe zu schaffen machte, während sich der andere auf einen alten Korbstuhl setzte und dem Treiben von Magnusson zuschaute. Ich holte meine alte Minolta-Kamera hervor und fotografierte die beiden. (Und ohne mich zu loben, kann ich behaupten, dass es gute Fotos geworden sind.) Ohne mich um die beiden zu kümmern, konnte ich mich unbemerkt entfernen.

Mein schwedischer Lieblingskommissar saß in der Polizeikantine und genoss mehr oder weniger die Spaghetti, welche genauso mundeten, wie man das von einer Polizeikantine erwarten konnte. Dazu trank er einen Kamillentee, um seiner nahenden Erkältung entgegenzuwirken. Er wirkte etwas abwesend, denn er war in diesen zwei Mordfällen noch kein Stück weitergekommen. Ich gesellte mich zu ihm, winkte aber ab, als er mich zu einem Teller Spaghetti einladen wollte. »Ich habe Neuigkeiten.«

»Sie sind eben ein Glückspilz«, sagte Larsson zu mir.

»Mit Glück hat dies nicht viel zu tun«, entgegnete ich.

»Also, Herbert, schiessen Sie los.«

Und ich begann mit meinen Ausführungen.

»Magnusson war der Freund dieser Frau, welche ermordet wurde. Er ist angestellt in einer angesehenen Immobilienfirma und hatte es mit einer ausgeklügelten List geschafft, zusammen mit einem Nachbarn, einem gewissen Herrn Nils Berglund, welcher auch im Immobiliensektor tätig ist, Vorauszahlungen für Luxusvillen zu ergaunern. Obwohl ihre Vorgehensweise äußerst geschickt war, habe ich die beiden inflagranti erwischt. Es muss sich um horrende Summen gehandelt haben. Ich gehe einmal davon aus, dass sein Arbeitskollege dahintergekommen ist und ihn anzeigen wollte und deshalb sein Leben lassen musste.«

»Sehr gut, Herbert, Sie haben selbstverständlich Beweise?«

»Nein, keinen einzigen.«

»Sie denken doch nicht etwa, dass ich die beiden auf Grund Ihrer Vermutungen verhaften kann. Wir stehen dann gemeinsam vor Gericht und tragen unsere Theorien vor.«

»Vielleicht kann uns das helfen.« Ich zeigte ihm die Aufnahmen, welche ich vor der Villa geschossen hatte.

»Dieses Foto beweist überhaupt nichts, wenn ich es Ihnen in dieser Schärfe sagen kann. Bringen Sie Beweise, Herbert.«

Der Kommissar sass weiterhin vor seinem Teller Spaghetti, welche unterdessen kalt geworden waren.

Wieder einmal wartete ich vor dem Hause von Magnusson, um mit ihm ein paar Worte zu reden. Ich musste ihn dazu bringen, endlich die Wahrheit zu sagen. Ewig dauerte es, bis Magnusson mit seinem Auto vorfuhr und in die Einstellhalle einschwenkte. Ich wartete kurz und läutete anschliessend an seiner Klingel. Es meldete sich ein sichtlich verstörter Magnusson über die Sprechanlage. Aus seiner Stimme sprach Ängstlichkeit.

»Magnusson, ich muss mit Ihnen sprechen.«

»Es ist gut, dass Sie kommen, denn ich weiss nicht mehr, was ich tun soll.«

Er drückte mir auf und liess mich nach oben in sein Apartment.

»Ist Ihnen jemand gefolgt?«, wollte er wissen.

»Nein, ich denke nicht«, gab ich zurück, während Magnusson zu seiner Hausbar ging und sich einen grossen Drink einschenkte.

»Wollen Sie auch einen?« Ich verneinte. »Hören Sie, von Willensdorf, man verfolgt mich. Ein Mann mit einem schwarzen Wagen war die ganze Zeit hinter mir her. Ich halte es einfach nicht mehr aus. Bitte helfen Sie mir!«

»Was soll das mich angehen?«, sagte ich ganz ruhig zu ihm und versuchte seine Angst auszunützen. »Dieser Mann wird Sie früher oder später erwischen und Sie umlegen, soviel steht fest.«

»Nein, von Willensdorf, bitte beschützen Sie mich.«

»Ich kann Ihnen nur helfen, wenn ich genau weiss, um was es geht. Haben Sie etwa diesem Mann auch eine Luxusvilla versprochen?«

»Unzufriedene Kunden gibt es immer mal wieder«, versuchte er sich herauszureden.

»Jetzt hören Sie doch auf mit diesen Lügen. Es wird besser sein, wenn ich wieder gehe, was geht das mich an, ob Sie umgelegt werden oder nicht, ich bin schliesslich hier nur in den Ferien.«

»Nein«, flehte Magnusson.

»Ich will die Wahrheit und nichts als die Wahrheit, Magnusson.«

»Ja, ich gebe es zu, dass wir Vorschüsse kassiert haben für Häuser, welche leer standen und gar nicht verkauft werden sollten.«

»Aber doch nicht alleine, Sie hatten doch Hilfe?«

»Wenn ich Ihnen den Namen preisgebe, bin ich erst recht ein toter Mann.«
»Dann werde ich Ihnen mal auf die Sprünge helfen. Sie haben es mit einem gewissen Berglund getan.«
Ungläubig und entgeistert schaute er mich an.
»Wie viel ist dabei für Sie rausgesprungen?«
»Etwa 8 Millionen Kronen.«
»Ganz beachtlich«, meinte ich.
»Sie werden mich doch nicht der Polizei ausliefern?«
»Wer hat Lindberg umgebracht?«, fragte ich ihn forsch.
»Ich weiss es nicht, ich schwöre es Ihnen, ich war es nicht.«
»O.K. Magnusson, hier können Sie nicht bleiben. Sie kommen erst mal mit zu mir, da sind Sie sicher.«
Magnusson beruhigte sich ein wenig und wir stiegen in meinen Mietwagen und fuhren davon.

Ich öffnete die Türe meines Ferienhauses und er glitt wortlos hinein.
»Sie wissen, dass Berglund genau gegenüber wohnt?«
»Nein, das wusste ich nicht.«
»Wenn Sie etwas trinken wollen, dort ist die Bar, bitte bedienen Sie sich, aber lassen Sie mir noch einen Drink übrig für später.«
»Sie gehen weg, von Willensdorf?«
»Ja, und bleiben Sie vom Fenster weg. Sie können es sich im Wohnzimmer bequem machen. Ich denke, wenn Berglund Sie erwischt, werden Sie Ihren nächsten Geburtstag nicht mehr feiern können.«
Ich setzte mich in meinen Wagen und fuhr die gleiche Strecke zurück, wieder zu dem Hause von Magnusson. Erst fiel mir der schwarze Wagen, welcher auf der anderen Strassenseite parkierte, gar nicht auf, doch als ich das Aufflimmern seiner Zigarette sah, wusste ich, an wen ich mich halten musste. Langsam stieg ich aus und ging hinüber zu dem parkierten Auto und klopfte an seine Scheibe. Der Mann drehte die Scheibe etwas herunter und fragte in einem mürrischen Ton: »Was wollen Sie?«

»Sie warten auf jemanden, aber der wird nicht kommen.«
»Und warum kommt er nicht?«
»Weil er tot ist«, sagte ich ruhig zu ihm.
»Haben Sie ihn beseitigt«, fragte er mich ebenso ruhig.
»Nein«, antwortete ich.
»Dann ist mir dieser Berglund, dieses Schwein, zuvorgekommen. Und was spielen Sie für eine Rolle?«
»Ich heisse von Willensdorf und bin hier in den Ferien. Sie tragen doch sicher eine Waffe bei sich?«, wollte ich von ihm wissen.
»Hören Sie, von Willensdorf, verschwinden Sie!«
»Nein, wirklich. Im Ernst, ich sehe eine Möglichkeit, wie Sie wieder zu Ihrem Geld kommen könnten, aber Sie müssen mir garantieren, keinen dieser beiden zu erledigen, sonst ist mein Plan nicht durchführbar.«
»Sie sind aber schön auf Zack für einen, der hier einfach Ferien macht. Übrigens mein Name ist Noa Erickson, ich bin dabei, was wollen wir tun?«
Wir fuhren wieder zu meinem Hause zurück, sassen noch eine Weile in meinem Auto, während ich ihm das weitere Vorgehen erläuterte.
»Ich habe übrigens nichts dagegen, wenn Sie ihm so richtig einheizen, er muss Todesangst haben.«
»Kein Problem«, meinte Erickson und ging ganz leise ins Haus hinein.
Aus der Küche hörte man Magnusson rufen: »Sind Sie zurück, von Willensdorf?«
Erickson setzte sich auf das Sofa und wartete.
»Willensdorf«, ertönte es abermals aus der Küche.
Magnusson kam zurück aus der Küche und erkannte den Mann sofort, welchen er betrogen hatte.
»Habe ich Sie endlich gefunden, jetzt sind Sie fällig. Ich bin Ihnen hinterhergefahren und dieser ›Idiot‹ von Willensdorf hat mich gerade zu Ihnen geführt.«

»Was ist mit diesem von Willensdorf?«

»Er wird mich nicht davon abbringen können, Sie zu beseitigen.«

»Wollen Sie Geld?«, wimmerte Magnusson.

»Darauf kommen wir später zu sprechen. Erst will ich wissen, wer diesen Lindberg beseitigt hat.«

»Ich habe Lindberg nicht erschossen, das können Sie mir glauben.«

Inzwischen hatte ich mich zu der Türe hineingeschlichen und verfolgte das Gespräch zwischen den beiden.

»Aber Sie waren doch mit diesem gemieteten Segelboot unterwegs?«

Beide schauten blitzartig zu mir, während ich in der Türe stand. Magnusson zeigte sich erleichtert. Erickson würde es jetzt nicht mehr wagen, ihn zu erschiessen.

»Geben Sie es doch zu, Sie haben diesen Lindberg zusammen mit diesem Berglund umgebracht, weil er Ihnen auf die Schliche gekommen ist und Sie verraten wollte.«

»Nein, von Willensdorf, es war ganz anders.«

»Nur raus mit der Sprache, sonst mache ich kurzen Prozess mit Ihnen«, befahl Erickson und machte da eine zu eindeutige Bewegung.

»Ich habe mich mit Lindberg in Nolvik getroffen und wir fuhren mit dem Segelboot hinaus, welches wir in Nolviks Kile gemietet hatten. Es stimmt, dass ich ihn überzeugen wollte, nicht zur Polizei zu gehen. Und nach einer langen Diskussion war er bereit darauf zu verzichten, unter der Voraussetzung, dass ich mit diesen Gaunereien aufhören würde.«

»Haben Sie aber nicht, sonst hätten Sie mich nicht zu dieser Villa ›Rosenberg‹ hinbestellt.«

»Ja, aber da war Lindberg bereits tot. Lindberg wurde es in diesem Segelboot dermassen schlecht, dass er mich bat, an Land gehen zu können. Ich setzte ihn ab und (ohne mich um ihn zu kümmern) fuhr ich zurück nach Nolviks Kile. Ich nahm an, dass er zu Fuss zurückgehen würde. Dies ist die Wahrheit und nichts als die Wahrheit.«

»Ich gehe davon aus, dass Sie das Geld mit Berglund geteilt haben?

– Sie können jetzt Ihre Waffe runternehmen«, sagte ich zu Erickson. »Dieser Mann ist dermassen erledigt, der geht uns nicht durch die Maschen. Ich sehe eine Möglichkeit, Magnusson, wie Sie Ihren Kopf aus der Schlinge ziehen können. Ich bin mittlerweile davon überzeugt, dass Sie Lindberg nicht umgebracht haben, sonst hätten Sie gewusst, dass Lindberg erschlagen und nicht erschossen wurde. Sie werden den Berglund dazu bringen, dass er den Mord an Lindberg zugibt. Wenn Sie etwas geschickt vorgehen, wird es Ihnen auch gelingen und Sie können davon ausgehen, dass es sich für Sie strafmildernd auswirken wird.«

»Ich danke Ihnen«, sagte Magnusson erleichtert.

»Wenn dieser Plan (B) funktioniert, dann werden wir die Morde an Lindberg und an Ihrer Freundin bald aufgeklärt haben.«

Zuerst schaute ich durch die geschlossenen Vorhänge nach drüben und stellte fest, dass Berglund zu Hause war. Es bestand daher keine Eile und ich schlug vor, dass wir alle zuerst einen Drink nehmen würden, um die Nerven etwas zu beruhigen. Ich war nervös und nahm einen kräftigen Schluck von meinem Whiskey. Ich wählte die Nummer des Kommissars und bis ich ihn am Apparat hatte, vergingen nahezu fünf Minuten.

»Hallo Larsson, hier ist Herbert.«

»Wenn das nicht der Ferienschnüffler ist. Haben Sie es endlich aufgegeben, diesen Fall lösen zu wollen? Er ist nicht zu lösen, auch nicht durch Sie.«

»Wenn Sie trotzdem noch ein wenig Interesse an diesem Fall haben, dann rate ich Ihnen, in etwa 20 Minuten in mein Ferienhaus zu kommen, Ihr Auto oben an der Strasse zu parken und zu Fuss, möglichst unbemerkt, meinen Hintereingang zu benutzen.«

»Was haben Sie denn jetzt schon wieder ausgeheckt, von Willensdorf?«

»Bitte, Herr Kommissar, folgen Sie meinen Anweisungen«, sagte ich mit ziemlicher Bestimmtheit zu ihm.

Einige Zeit später wartete der Kommissar am Hintereingang meines Hauses und seine Männer oben auf der Strasse. Als ich ihn hineinliess, wollte er augenblicklich wissen, was dies zu bedeuten hätte.

»Erickson, Sie können jetzt Magnusson die Pistole geben, aber machen Sie keine Dummheiten!«

Ich bat nun den Kommissar und Erickson in die Küche zu gehen und sich ruhig zu verhalten. Die Türe liess ich angelehnt, sodass man alles Gesprochene mit anhören konnte.

Ich wandte mich Berglunds Haus zu und klopfte an seine Türe. Kurz darauf öffnete er und ich begrüsste ihn mit den Worten: »Hallo Linus, hätten Sie nicht Lust bei mir drüben einen Apero mit mir zu trinken? Ich möchte mich für Ihre Gastfreundschaft revanchieren.«

»Es ist Ihnen doch recht, wenn meine Frau auch mitkommt?«

»Liebling, wir sind beim Willensdorf zum Apero eingeladen«, rief er seiner Frau zu, welche im oberen Stock weilte.

»Das ist aber nett von Ihnen«, und sie zupfte noch etwas ihre Haare zurecht, was die meisten Frauen tun, bevor sie das Haus verlassen.

Als wir auf dem Weg nach drüben waren, sagte ich zu den beiden: »Jetzt habe ich doch glatt vergessen Zigaretten zu kaufen.«

»Wir warten hier«, sagte Berglund.

»Nein, gehen Sie ruhig vor, die Türe ist offen, ich bin gleich zurück.«

Die beiden öffneten die Türe und gingen hinein. Als sie in das Wohnzimmer kamen, sass Magnusson bequem auf dem Sofa und wartete mit der Waffe in der Hand.

»Was willst du denn hier? Bist du verrückt geworden? Das fehlte uns gerade noch. Diesem von Willensdorf werde ich jetzt eine Lektion erteilen, die sich gewaschen hat.«

»Merkst du denn nicht, dass dieser von Willensdorf uns auf der Spur ist? Wir müssen ihn ausschalten, sonst sind wir erledigt.«

»Erledige du ihn, bei dir kommt es auf einen Mord mehr oder weniger nicht darauf an. Du kriegst nur einmal lebenslänglich.«

»Von was redest du, zwei Morde?«

»Gib doch zu, dass du diesen Lindberg erledigt hast.«
»Das ist der grösste Mist, den ich seit Langem gehört habe.«
Frau Berglund stand daneben und sagte kein Wort.
»Ich war mit meinen Freunden im Restaurant ›Joy and the Juice‹ essen und blieb da, bis von Willensdorf bei seinem Ferienhaus eintraf. Mein Alibi ist felsenfest und das werden meine Freunde auch bezeugen.«
Ihre Blicke wanderten zu Selma Berglund. »Aber du, Liebling, fragtest mich doch, ob du den Wagen ausleihen könntest, um einige Besorgungen zu tätigen.«
Frau Berglund wagte nicht zu sprechen und stand nur regungslos da.
»Du hast ihn umgebracht, Selma?«
»Ja, ja, ich habe ihn umgebracht, ich habe es für uns getan. Ich musste es doch tun, er hätte uns doch sonst der Polizei ausgeliefert. Wir wären erledigt gewesen. Du denkst doch auch, dass ich es tun musste?«
Magnusson mischte sich ein. »Sie haben ihn umsonst umgebracht, denn er hatte mir versichert, dass er nicht zur Polizei gehen würde, alles umsonst«, wiederholte sich Magnusson.
»Wie hast du denn das fertig gebracht?«, fragte Berglund seine Frau.
»Liebling, nimm mich zuerst in deine Arme und sage mir, dass du mich noch liebst.«
Berglund stiess seine Frau zurück und wiederholte seine Frage.
»Ich bin diesem Lindberg gefolgt und habe gesehen, wie er sich mit Magnusson getroffen hatte. Ich habe gesehen, wie die beiden ein Segelboot bestiegen und damit hinausfuhren. Ich fuhr mit dem Auto auf der Landstrasse und hatte laufend Sichtkontakt mit ihnen. Als ich sah, wie sie sich dem Ufer näherten, versteckte ich mich hinter einer grossen Eiche und wartete. Magnusson steuerte an Land und setzte Lindberg ab. Lindberg watete noch ein paar Schritte durch das seichte Wasser und musste sich übergeben. Er merkte es nicht, dass ich mich ihm näherte. Ich nahm ein grosses Holzscheit und

schlug mit voller Wucht zu. Lindberg stürzte ins Wasser und blieb regungslos liegen. Ich wusste nicht, dass er zu dieser Zeit schon tot war, und zog ihn aus dem Wasser und liess ihn auf dem kleinen Weg liegen und erledigte anschliessend meine Besorgungen. Ich wollte ihn nicht umbringen, das können Sie mir glauben, aber ich musste es doch tun ... Ich musste.«

Im selben Moment trat der Kommissar ins Zimmer und sagte zu Frau Berglund: »Frau Selma Berglund, ich verhafte Sie wegen Totschlags an diesem Lindberg.«

Zur selben Zeit trat ich von der Verandatür ins Wohnzimmer hinein und fragte den Kommissar: »Haben Sie jetzt diesen Berglund verhaftet?«

»Es war seine Frau, welche Lindberg erschlagen hatte. Sie wollte verhindern, dass Lindberg ihren Mann anzeigen konnte, obwohl er dies gar nicht mehr tun wollte. Magnusson und Berglund muss ich auch wegen Betrugs verhaften.«

»Aber bitte, Simon, denken Sie daran, dass Magnusson mir bei der Aufklärung geholfen hatte.«

»Ja, Herbert, ich werde es zur Sprache bringen.«

Noa Erickson, welcher unbeteiligt daneben gestanden hatte, wollte wissen, wie er wieder zu seinem Geld kommen würde.

»Wir werden sehen«, besänftigte der Kommissar.

»Übrigens haben wir den Mord an Magnussons Freundin aufgeklärt, denn ganz untätig sind wir auch nicht gewesen«, wandte sich mein schwedischer Lieblingspolizist an mich.

»Es handelte sich um ein Beziehungsdelikt. Sie war verheiratet und wurde von ihrem eigenen Mann aus Eifersucht erschossen.«

Alle verliessen den Raum und gingen hinauf zu der Strasse, auf welcher die Polizisten immer noch warteten. Es herrschte Ruhe in meinem Haus und ich hatte nicht einmal mehr Nachbarn. Ohne Vorstrafen würde Frau Berglund mit vier Jahren davonkommen. Aber was kümmerte es mich, ich war ja in den Ferien und dies bedeutete Erholung und Entspannung. Ich mixte mir einen Latte Macchiato und setzte mich gemütlich in einen Liegestuhl.

Liebe Leserinnen und Leser, da ich jetzt gemütlich in meinem Liegestuhl liege, möchte ich doch noch von Ihnen wissen, und Sie werden es mir sicherlich bestätigten können, dass Sie, meine lieben Leserinnen und Leser, auch Frau Berglund in Verdacht hatten. Ich weiß, Sie haben mit dieser Frau gelitten, aber wir wollen ja schliesslich die Wahrheit und nichts als die Wahrheit.

Frau Dr. Elsa Blomquist stand wie fast jeden Morgen an ihrem Seziertisch und neben ihr stand Nils Johannson und er nahm sie zärtlich in seine Arme und liebkoste sie, nachdem er aus sicherer Quelle erfahren hatte, dass diese Frau, die er von ganzen Herzen liebte, schon seit einem Jahr geschieden war, und sie schmiegte sich an ihn, weil sie aus sicherer Quelle erfahren hatte, dass Nils Johannson ein hervorragender Liebhaber sei ...

»Die Abenteuer des Herbert von Willensdorf«

»Herbert«, sagte der Kommissar und richtete seine volle Aufmerksamkeit auf mich. »Wer sind Sie in Wirklichkeit?«

»Mein Name ist Herbert von Willensdorf und ich reise in der Welt umher, sozusagen ein ›Abenteurer‹, immer auf der Suche nach den ultimativen Ferien und wie es der Zufall so will, gerate ich oft an solche ungelösten Kriminalfälle, welche ich dann, mit Hilfe eines fähigen Polizisten, meistens auch lösen kann.«

»Dieser Kriminalroman besticht durch seine erfrischend direkte Schreibweise, zielgerichtet auf die ausgeklügelten, unkomplizierten, sauberen Morde, welche dieses Buch zu einem Muss für Krimi-Fans macht.«
(Brody Braxter Brubacker)

»H. E. Miller versteht es, in einer einfachen, verständlichen Schreibweise Spannung zu erzeugen.«
(José Humanes)